André Lucien Chamaleix

ROBERT DESGRANGES

ROMAN

Espionnage

Les Presses du Midi

Du même auteur…

- Guide pratique de Navigation Maritime
Éditeur Topoplastic.

- Noces de Diamant
Publication privée (1995).

- La Confédération des Galaxies
Éditeur - Les Presses du Midi (1997)
Science fiction.

- Benjamin l'optimiste
Éditeur - Les Presses du Midi (1998)
Roman.

- Dorothée
Éditeur - Les Presses du Midi (1999)
La vie d'une concertiste.

- Robert Desgranges
Éditeur - Les Presses du Midi (1999)
Espionnage.

Impression PDM

121 avenue d'Orient - 83100 Toulon
Tel. : 04 94 16 90 20 - Fax : 04 94 16 90 29
Dépôt légal juillet 1999
ISBN : 2-87867-208-9

Les biens de la terre, les progrès de la science et des découvertes, ne nous appartiennent pas, au même titre que l'eau, le feu et la vie dont nous usons un certain temps…

Toutes ressemblances avec des personnes citées ou non citées nommément seraient pure coïncidence.

Les faits relatés, les actions relevant des services secrets des pays mentionnés sont uniquement le reflet d'une situation géographique et ne peuvent être confondus avec la réalité politique des services officiels existants.

Ce roman n'est qu'une fiction de l'espionnage.

ROBERT DESGRANGES

1

Robert Desgranges était tout frais émoulu sorti de Harvard avec un Master d'Ingénierie Atomique et il était entré à la Ralanca Aircraft pour y diriger le bureau d'étude et de recherches aéronautiques du futur.

Il était le fils de Benjamin[1] et de Nancy Desgranges et sa sœur Dorothée était la merveilleuse pianiste internationale mariée au Texan Larry Ronson. Elle venait de mettre au monde, un petit garçon prénommé Bradley.

Robert était un jeune homme, bien sous tous les rapports, diplômé de Polytechnique et de l'École Supérieure de l'Aéronautique.

Il avait fait également deux années de recherches aéronautiques dans les laboratoires de Toulouse, puis il était entré à Harvard où Thomas Young P.D.G. de la Ralanca était venu le chercher pour assurer les délicates fonctions de Directeur des Recherches de son Usine d'Akron.

Nous savons aussi qu'il était fiancé à Michaëla Young, fille unique de Thomas Young, veuf et non remarié et qu'il avait beaucoup d'estime pour son futur gendre.

---

(1) Voir le roman "Dorothée" Vol. n° 2 et Benjamin l'optimiste Vol. n° 1.

Robert était un garçon d'un mètre quatre-vingts, musclé et racé, avec des allures de Play-boy à la chevelure blonde frisée, avec quelques reflets roux qu'il tenait de sa mère à la toison flamboyante.

Il n'avait pas connu beaucoup d'aventures féminines, puisqu'il avait vécu pendant ses études avec Brigitt McLeod, fille du diplomate anglais John McLeod, elle-même était mariée avec un diplomate anglais en poste en Australie. Ce fut un mariage de raison, car Brigitt aimait Robert et aurait bien voulu l'épouser ! Ils étaient restés bons amis.

Quant à Michaëla, elle n'avait été rassurée que lorsque Brigitt fut mariée légalement et ainsi elle put augmenter la pression amoureuse sur Robert qu'elle aimait profondément. Celui-ci avait accepté de devenir le gendre de Thomas Young, mais il sentait aussi qu'un lien très fort l'unissait à Michaëla fille de Thomas et il commençait à l'aimer pour elle-même, au demeurant très belle jeune fille.

Michaëla était intelligente et douée pour les conversations de charme, empreintes de diplomatie féminine. Elle avait fait des études de psychologie et obtenu son doctorat. Elle était donc patiente, savait écouter et ses jugements étaient très appréciés. Dans les circonstances difficiles son père n'hésitait pas à lui demander conseil et il avait engagé Robert à faire de même ! Il avait ajouté : "Tu seras surpris de l'analyse de ses raisonnements".

Michaëla interpella Robert et son père et les pria de fixer la date du mariage. On était en janvier. "Pourquoi pas en Avril suggéra Thomas ! C'est le début du printemps, il fait beau et la température idéale, pour une telle cérémonie. Il n'y aura pas trop de travail urgent pour Robert et il pourra se libérer pour une durée d'un mois. Vous pourrez partir où vous voudrez en voyage de noces, ce sera mon cadeau".

Robert dit à Michaëla : "Je suis d'accord ! C'est une excellente saison pour aller en Europe. Qu'en penses-tu Michaëla ?"

"Très bien pour moi!" Puis elle sauta au cou de son père pour le remercier et ensuite elle alla se faire câliner par Robert... Mais Thomas intervint : "Réservez vos effusions pour ce soir! Viens Robert, regagnons l'usine, nous avons une conférence au cours de laquelle nous devrons fixer le programme du prochain semestre. Nous te réserverons un mois de congé pour ton voyage de noces en avril."

Après la conférence, Robert téléphona à ses parents à Paris. Il eut Nancy au bout du fil et lui annonça la nouvelle. "Prépare-toi avec papa à venir à la Villa d'Akron dans une semaine! J'aurai besoin de vous deux pour m'assister dans les préparatifs du mariage! D'autre part, maman! Tu t'occuperas de Michaëla qui n'a plus sa mère! Elle sera enchantée de cette marque d'attention. Ah! J'ajoute que le lendemain du mariage nous partirons pour Paris. J'aimerais que vous reveniez avec nous, ainsi, nous passerons une semaine à Paris avenue de Villiers, en votre compagnie, avant d'aller à Londres et en Écosse à la Villa des grands-parents, puis nous terminerons par Venise. Avant de regagner Akron nous passerons quelques jours avec vous à la villa du Golfe.

- C'est un très joli programme et bien évidemment j'en suis enchantée car cela me permettra de vous avoir à moi seule pendant ce séjour! lui répondit Nancy.

- Très bien! Maman! Nous t'attendrons avec impatience à Akron.

Il raccrocha, satisfait de leur conversation. Lui aussi était enchanté de l'arrivée de ses parents. Ils lui manquaient un peu, l'Amérique était bien loin de la France et il se rappelait la chaleur qu'il retrouvait dans le foyer familial, alors qu'il était étudiant. Cela lui manquait. Il se prit à sourire au souvenir des années de son enfance.

Oui! Il avait des parents exceptionnels, pétris de chaleur humaine et filiale dont il était encore imprégné. Son père avait été pour lui le modèle et le guide et Robert s'était toujours efforcé de lui ressembler, de mettre en pratique tous les jugements et conseils dont il l'avait façonné.

Quant à Nancy ! Elle était sa maman ! Sa mère chaleureuse et pleine d'amour à son égard. Même vers l'âge de seize ans, il se rappelait qu'elle le prenait dans ses bras, la tête au creux de son épaule et qu'elle essayait de le bercer comme lorsqu'il était enfant. Robert la laissait faire, ne voulant pas troubler ce moment où l'instinct maternel protecteur est le plus fort et lui, se sentait comme dilué dans cette chaleur maternelle et il fermait les yeux de bonheur. Puis ! Un baiser sur son front venait fermer ce rêve et elle lui disait : "Je t'adore mon enfant" et la vie reprenait son cours...

Robert était beau garçon, athlétique, un mètre quatre-vingts et soixante-dix kilos de chair et de muscles. Il était intelligent et il avait obtenu des diplômes prestigieux dont les étapes successives l'avaient conduit au poste de Directeur des recherches de la Ralanca Aircraft, un sommet hiérarchique atteint par des relations personnelles, sans doute, mais il était un ingénieur brillant et personne ne pouvait penser qu'il ne méritait pas cette promotion à son âge, "vingt-six ans". Aux États-Unis, beaucoup de jeunes arrivent à obtenir une telle promotion, on apprécie mieux qu'ailleurs les jeunes, leurs valeurs et on les lance immédiatement dans le creuset du marketing international et on exige de leurs connaissances des applications immédiates et rentables, avec des bilans d'exploitations positifs et sans cesse en augmentation.

Avec ce principe d'exploiter les valeurs humaines très tôt, l'Amérique possède un développement de son économie toujours croissant, dynamique qui permet de maintenir le cours de sa monnaie et de la faire fluctuer à bon escient. On fait monter les cours, lorsque les industriels ont besoin de faire des achats en Europe et on les fait baisser lorsque les produits manufacturés doivent être vendus dès qu'ils sortent de l'usine à des prix concurrentiels sur le marché mondial, ainsi le volume des ventes augmente.

L'Amérique ne rechigne pas à faire la chasse aux meilleures options humaines dans le monde et offre alors de belles situations. Ce fut le cas de Robert Desgranges. Les jeunes ingénieurs en aéronautique, sont très recherchés.

Thomas Young était un homme qui ne vivait que pour sa fille Michaëla et son usine. Il portait allègrement la soixantaine. Il avait perdu sa femme Dolcrès dans un accident de voiture et il lui avait fallu beaucoup d'années pour oublier ce drame. Il avait alors reporté toute son affection sur sa fille.

Il était enchanté d'avoir déniché un gendre comme Robert et il nageait dans le bonheur de voir une famille nouvelle se créer au sein de la lignée des Young et il souriait en pensant que des enfants allaient naître de cette union et embellir les années de retraite qu'il comptait bien passer auprès d'eux.

Il avait envisagé de se retirer des affaires dans cinq ans. Robert serait fin prêt pour prendre la Direction générale de l'usine et il songeait combien Michaëla avait eu raison de choisir ce garçon et de patienter pendant ces cinq dernières années pour arriver à la conclusion du mariage.

Sa fille était vraiment une Young aux idées claires qu'elle avait héritées de sa mère mexicaine, "fille d'un diplomate" et un caractère d'une ténacité à toute épreuve. Elle allait toujours jusqu'à la réalisation de ses projets. Elle n'acceptait jamais l'échec et faisait toujours preuve d'une patience sans borne.

Du côté des Desgranges et des Ronson on était enchanté du dénouement de cette liaison amoureuse.

Dorothée, en particulier, priait chaque jour pour le bonheur de son frère chéri et elle bénissait le ciel de savoir qu'il serait toujours près d'elle à deux heures d'hélicoptère de Dallas. Avec Michaëla, ils pourraient venir passer des week-ends au ranch. Elle pouvait compter sur Michaëla pour décider Robert à faire ces petits voyages.

Les deux femmes avaient très vite sympathisé et maintenant, c'était une solide amitié qui les liait.

Quant à Benjamin, il se sentait de plus en plus fatigué et il était toujours d'accord avec Nancy.

Ils passaient leur temps entre Paris, la villa du Golfe, la maison des McNeal en Écosse et chaque fois que survenait un événement chez Dorothée, ils faisaient le voyage aux États-Unis.

Ils se préparaient d'ailleurs à répondre à la demande de Robert, qui voulait que sa mère assiste Michaëla dans la préparation du mariage. Dans trois jours ils seraient à nouveau auprès de leur fils et ils étaient tous les deux impatients d'arriver à Akron.

* *
*

C'est dans cet état d'esprit qu'ils prirent l'avion et se retrouvèrent à Akron chez les Young.

Tout de suite Michaëla accapara Nancy et l'emmena dans sa chambre, où elle s'empressa de faire ses confidences sur ses relations avec Robert avec un enthousiasme qui fit chaud au cœur de Nancy. Ensuite, elle lui montra sa robe de mariée, puis à brûle-pourpoint lui dit :

- Est-ce que je vous conviens comme bru ? J'aime profondément Robert et je sais que lui aussi a de chaleureux sentiments pour moi ! Entre son travail et moi-même, j'aimerais qu'il n'y eût de place pour personne ! à part vous ! ...

Nancy intervint :

- J'en suis heureuse pour vous. Je vous aimerai comme ma fille et si quelque jour des problèmes surgissaient vous pourrez compter sur mon appui. Je veux que Robert soit pleinement heureux avec vous, puisque maintenant vos deux destinées vont être unies sous la foi du serment devant Dieu, vous appartiendrez à la famille Desgranges lequel nom sera désormais votre nom et celui de vos enfants. Dès maintenant vous pouvez m'appeler Nancy ou maman.

- Oh ! merci maman pour cette profession de foi à mon égard. Je vous promets que je ferai tout pour rendre votre fils heureux. Et elle prit Nancy dans ses bras pour l'embrasser et lui démontrer son attachement filial par une longue effusion.

Elles reprirent la conversation sur la mise au point des petits détails, concernant la cérémonie, les invités, les menus du lunch et du dîner et elle confia à Nancy leur projet de voyage de noces en Europe que leur avait offert Thomas Young, le papa gâteau.

Quant à Benjamin, Robert l'avait pris en charge et comme deux copains qui se retrouvent, ils se rappelaient la période pendant laquelle, Robert faisait ses études, les discussions qu'ils avaient eues sur le choix de sa carrière…

- Et bien, tu vois ! Nous avions fait le bon choix dit Benjamin. Te voilà à la tête d'un département de recherches, ce que tu avais toujours désiré et de plus, tu vas épouser la fille du patron, ce qui veut dire qu'à la retraite de Tom dans deux années, l'usine, la Ralanca Aircraft t'appartiendra. Tu as fait un parcours magnifique mon fils et j'en suis fier.

- Oui Père ! En effet grâce à vous deux mes chers parents qui avez toujours eu le souci de nous tracer “à Dorothée et à moi” notre route dans l'honneur et l'amour du travail. Soyez-en remerciés !

Ils quittèrent le bureau de Robert où avait eu lieu cet entretien et visitèrent l'usine.

Partout, aussi bien dans les ateliers de fabrication que dans ceux de montage des centaines de techniciens s'affairaient autour des machines et des avions en cours de montage.

Un bâtiment séparé d'une importante superficie, constituait une deuxième usine. Ici se traite, se façonne et s'assemble tout ce qui est et sera le futur de nos recherches. Les prototypes sortiront de ce bâtiment. Nous y traitons également les études, les commandes spéciales en sous-traitance des grandes firmes aéronautiques et celles en provenance de la Marine et du Pentagone. C'est un département très important, qui requiert des études très approfondies. Il s'agit toujours d'une partie de l'avion qui ne souffre aucune erreur car ces éléments sont vitaux. Sans eux, l'avion ne pourrait voler en toute sécurité.

Tu comprendras que ce bâtiment doit être surveillé jour et nuit. Une section militaire de surveillance loge dans le petit blockhaus que tu vois là-bas.

- Je vois mon fils que tu as une très grande responsabilité sur les épaules.

- En effet Père, mais j'aime ça. C'est un travail fascinant, qui tient toujours ton esprit en éveil. De plus les décisions doivent être prises rapidement. Tu n'as pas le droit de te tromper.

– Nous avons des contrôles permanents du F.B.I. Tout ce que nous faisons à la Ralanca intéresse les puissances étrangères.

* *
*

Ils regagnèrent le bureau tout en discutant et Robert précisa :

- Je te donnerai un autre jour, un aperçu des types d'avions que j'ai mis en fabrication. Tu dois savoir également que je suis toujours en contact permanent avec l'Aérospatiale et j'aurai certainement à effectuer quelques voyages à Toulouse dans l'avenir. J'en profiterai pour faire étape à Paris pour passer deux journées avec vous.

Tu m'en vois ravi et je crois que c'est une nouvelle qui fera plaisir à Nancy.

– Assurément ! C'est surtout à elle que je pense lorsque je prends de telles décisions.

Ils étaient arrivés, Benjamin lui dit :

Tu as sûrement beaucoup de travail, je rentre à la villa des Young pour retrouver ta mère.

– Entendu, Papa ! Je vous retrouverai pour le dîner.

Benjamin sauta dans la voiture que lui avait prêtée la Ralanca et prit le Highway en souriant et sifflotant.

Il était heureux d'être là près de Robert et d'assister au mariage qui devait avoir lieu dans deux jours.

2

Le mariage

Les invités de Thomas Young affluaient à Akron. Ils étaient nombreux car Thomas avait énormément de relations d'affaires en dehors de ses amis personnels et ceux de Michaëla qui avait convié ses amies d'université avec lesquelles elle avait des relations suivies.

Pour Tom, c'était le jour le plus important de sa vie, le mariage de sa fille unique et il désirait qu'elle fût très entourée pour ce jour unique qui allait créer une séparation douloureuse entre le père et sa fille. Michaëla serait avant tout l'épouse de Robert et elle porterait le nom des Desgranges.

Certes elle resterait près de lui, mais un petit peu de son amour filial, lui manquerait, mais il voulait avant tout le bonheur de sa fille chérie et avec Robert elle ne pouvait pas faire un choix meilleur. De plus Tom aimait Robert comme son fils, aussi était-il joyeux et un franc sourire éclairait son visage.

Il héla Robert qui se trouvait très proche.

Viens ici fiston ! Quelle belle journée pour un événement aussi important ! L'ayant pris par le bras il poursuivit : Nous allons former une très belle famille et j'espère que tu me donneras au moins deux petits-enfants, un garçon et bien sûr une fille. C'est un choix de roi ! Ne suis-je pas un roi de l'industrie américaine ?

– Ils éclatèrent de rire et Robert pour ne pas le décevoir lui dit :

– Je te promets Tom de commencer dès demain et de persévérer pendant le voyage de noces.

– Bien ! Marché conclu, rétorqua Tom. N'oublie pas que tu es maintenant le Patron de l'empire industriel des Young et que tu en es le propriétaire par ton mariage. Quant à moi, je me retire en toute confiance, j'ai suffisamment amassé de dollars pour vivre confortablement ma retraite.

Tout en devisant, ils se promenaient parmi les invités auxquels Tom présentait son futur gendre.

Personne ne fit de remarque sur la nationalité de Robert, tellement son anglais oxfordien était parfait, ce qui pour un Américain est un brevet d'adoption, sans condition, dans le domaine des affaires. D'ailleurs, par son mariage, il hériterait en même temps de la nationalité américaine qu'il allait demander officiellement. Il aurait ainsi la double nationalité, comme sa sœur Dorothée[2].

* *
*

Le traiteur avait installé tout son matériel sur le green et les tables regorgeaient de mets et de petits fours. Le champagne était déjà servi dans les coupes.

Tom réclama le silence et annonça que la cérémonie du mariage allait commencer puis il se dirigea vers le salon et en ressortit avec Michaëla à son bras. Elle était rayonnante de joie et d'une beauté à vous couper le souffle dans sa robe blanche d'apparat.

---

(2) Voir le roman n°2 "Dorothée".

Suivait Nancy ayant à son bras Robert, puis les filles et les garçons d'honneur et quelques intimes. Le cortège s'avança entre la haie des invités qui applaudissaient au passage des futurs mariés, jusqu'au prêtre qui se tenait sous un immense parasol – il faisait très chaud ce jour-là. Michaëla et Robert se placèrent au côté du prêtre qui officia le mariage en quelques minutes. En Amérique, le mariage se pratique en échangeant seulement les serments rituels de l'amour et de la fidélité puis le prêtre déclare l'homme et la femme unis par les liens du mariage.

Les invités se précipitèrent pour féliciter les jeunes mariés, puis se dirigèrent vers les tables chargées de victuailles et de coupes emplies de champagne. Certains préférant le whisky avaient déjà le verre en mains.

Thomas Young demanda le silence et porta un toast aux mariés, leur souhaitant tout le bonheur du monde. Benjamin, Nancy et Dorothée en firent autant.

Nancy dit à Michaëla :

– Tu es ma fille chérie ! Tu es devenue une partie entière de la famille Desgranges McNeal.

Benjamin approuvait en inclinant de la tête et Dorothée prit Michaëla dans ses bras en lui disant :

– Beaucoup de bonheur dans ta vie de couple avec Robert, tu es ma sœur chérie, ne le déçoit pas !

– Compte sur moi Dorothée, je l'aime tant !...

L'orchestre jouait la musique d'airs à la mode, des danseurs évoluaient sur le carrelage du patio, chacun avait beaucoup de choses à dire à d'autres et les affamés ne quittaient pas le buffet. Disons que la cérémonie fut réussie et elle se termina dans une grande gaieté.

Nos jeunes mariés s'étaient éclipsés et roulaient déjà dans un taxi vers l'aéroport pour prendre le vol de Concorde vers Paris.

Robert ayant été pilote d'essai. Il était toujours en relation avec l'Aérospatiale et il était très connu dans le milieu aéronautique français. Aussi, dès qu'il fut installé en 1e classe, il fit une visite au poste de pilotage pour saluer le commandant et il eut la surprise de tomber sur une connaissance qui avait fait Sup' Aéro en même temps que lui.

Immédiatement Pierre Verneuil l'apostropha en lui signalant qu'il avait suivi son parcours et qu'il avait été subjugué par sa montée fulgurante et qu'il venait d'apprendre dernièrement qu'il dirigeait la Ralanca !

– Si un jour tu as un poste intéressant tu me fais signe, voici ma carte.

Ils se mirent à rire de bon cœur en se serrant la main. Ils avaient été de bons amis pendant les deux années passées à Sup'Aéro et ils étaient tout à la joie des retrouvailles.

– Je pourrais te demander de rentrer à la Ralanca dans six mois, je cherche un pilote d'essai. J'ai toute confiance en toi et tu as fait aussi Polytechnique comme moi. Mais, viens avec moi, je vais te présenter ma femme, je me suis marié hier et je suis en voyage de noces. Viens, on va sabler le champagne.

– Juste cinq minutes ! Les préparatifs du checking ! Tu connais ! Lorsque nous aurons pris le palier du plan de vol, je reviendrai parler avec vous.

Robert présenta Michaëla à Pierre :

– Tu as une femme charmante lui dit-il, et vous Madame vous avez fait le bon choix en épousant Robert ! C'est un oiseau rare. Excusez-moi ! Je dois regagner mon poste, je reviens dans une demi-heure.

– Tu sais Michaëla ! Je ne m'attendais pas à retrouver un ami de "Promo". Je vais d'ailleurs l'engager comme pilote d'essai, j'ai besoin d'un homme de sa trempe, de son savoir et de son honnêteté.

Michaëla était bouche bée :

– Les affaires vont vite avec toi !

Une opportunité exceptionnelle. Tu comprends. Je pourrai me reposer entièrement sur son expérience.

– À nos amours !

Ils trinquèrent. Le voyage commençait bien. Ils dégustèrent des petits fours au caviar, tout en discutant lorsque Pierre arriva, tout souriant, il y avait un siège vacant où il s'assit et prenant la coupe que lui tendait l'hôtesse.

– Je vous souhaite à tous deux tout le bonheur du monde – Ah ! Si vous avez une soirée à m'accorder, je vous invite à dîner. Je vous présenterai Sabrina ma femme.

– Je ne dis pas non ! J'en profiterai pour t'expliquer ce que j'attends de toi à la Ralanca. Je te confierai un poste très important. La Compagnie te logera dans un de ses pavillons lui dit Robert.

– Tu me vois enchanté de ce que tu me proposes, c'est vraiment le ciel qui t'envoie… J'en avais assez de piloter les avions de ligne. J'ai aussi beaucoup d'idée dans ma tête. Excusez-moi ! Je dois regagner mon poste. Je vous verrai après l'atterrissage. Tu me donneras tes coordonnées pour que je puisse te confirmer le jour du dîner.

– Entendu ! confirma Robert, repasse ici avant l'atterrissage et je te remettrai mon emploi du temps. Je voudrais aussi que tu demandes un congé de huit jours. Tu rentrerais avec nous sur le même vol Concorde et nous irions à Akron. Je te montrerai toutes les installations dans lesquelles tu devras évoluer.

– C'est parfait dit Pierre, à tout à l'heure, puis il se dirigea vers le poste de pilotage.

– C'est une rencontre vraiment très opportune, dit Michaëla à Robert, lequel confirma :

– C'est un type très bien. C'est une chance de l'avoir rencontré. Je n'aurais certainement pas pensé à lui pour le poste que j'ai à pourvoir. Maintenant, ne parlons plus travail, passons au champagne et dégustons l'excellent dîner que l'hôtesse vient de nous servir.

Ils étaient heureux comme des enfants à qui on venait d'offrir un merveilleux voyage. Ils trinquèrent à l'avenir qui s'ouvrait devant eux, puis ils attaquèrent le caviar, avant de passer à une fricassée de homard qui dégageait un fumet délicieux.

– Tu te rends compte Michaëla, dans deux heures, nous serons arrivés à Paris – Nous volons à 2,2 Mach, assis confortablement dans nos fauteuils. Quel merveilleux avion ce Concorde, racé comme un lévrier de course. Je suis fier d'être un ingénieur en aéronautique !

Après le dîner, Robert rédigea son emploi du temps avec un aperçu du travail que Pierre aurait à faire à la Ralanca.

Il fixa également les dates du retour afin qu'il puisse demander son congé. Il avait tout juste terminé lorsque Pierre apparut. Robert lui remit le document.

– Voilà ! mon vieux ! Ta carrière est inscrite dans ce texte. J'ai également précisé tes émoluments, je pense que cela te conviendra.

Pierre qui avait jeté un coup d'œil, avait remarqué le chiffre important de dollars qui y figurait.

– Je suis plus que satisfait et sois-en mille fois remercié !

* *
*

3

Le Concorde avait atterri en douceur et maintenant Robert et Michaëla roulaient vers l'avenue de Villiers, confortablement installés dans un taxi. Michaëla admirait le paysage qui défilait sous ses yeux. Enfin elle allait connaître ce fameux Paris dont elle avait entendu parler par des amies qui avaient déjà fait le voyage. "Tu verras, lui avaient-elles dit, tu en auras plein les yeux et plein la tête de ce que tu verras. Tout y est concentré. C'est une capitale de connaissances dans une bonbonnière". Elle serrait la main de Robert, il allait lui montrer tout ça.

– Pour commencer, nous allons prendre un taxi et faire le tour des lieux et des monuments les plus importants. Montmartre, Le Sacré Cœur, Les Champs Élysées, La Tour Eiffel et nous terminerons par le restaurant "La Tour d'Argent" où tu pourras manger un canard au sang qui sera numéroté à ton intention. D'autre part de la salle du restaurant, tu pourras admirer la Seine et la Cathédrale Notre-Dame magnifique joyau de France.

Le déjeuner se passa dans l'euphorie pour Michaëla. Tout était nouveau, très coloré, avec des immeubles de Style 1900. Elle faisait la différence avec les États-Unis où le passé ne remonte qu'à trois siècles par rapport aux millénaires de Paris et de la France. Après le déjeuner, ils prirent à nouveau un taxi, pour poursuivre la visite de Paris.

– Demain, nous prendrons le bateau-mouche et tout en glissant et déjeunant sur les eaux de la Seine, tu verras défiler tous les monuments qui bordent ce fleuve magnifique, dont on dit “qu’il est le collier de reine de Paris” dixit la chanson de Charles Trenet.

Ils rentrèrent Avenue de Villiers vers dix-huit heures et firent un brin de toilette pour aller dîner chez Pétrus, faire un repas léger de coquillages.

Ils se retrouvèrent dans leur chambre. Les nuits de noces allaient commencer dans ce lieu intime où les parents de Robert avaient eux-mêmes passé leur nuit de noces après leur mariage civil à la Mairie du 17e et où sa sœur et lui-même étaient nés.

– Tu vois Michaëla, c’est le berceau de la famille Desgranges. Peut-être allons-nous concevoir aujourd’hui notre premier enfant!... Je ne le regretterai pas! Bien au contraire, viens maintenant près de moi... Et la nuit fut emplie de soupirs et de joutes amoureuses...

* *
*

La semaine se passa suivant le programme prévu, y compris le dîner chez Verneuil. Les deux amis établirent le contrat d’engagement qui donnait à Pierre le poste d’assistant aux recherches des produits nouveaux de l’entreprise. Dans trois mois, il rejoindrait son poste avec sa femme Sabrina. Un bungalow serait réservé pour le couple, ainsi qu’une voiture de fonction.

* *
*

Ils se quittèrent dans la joie et le lendemain notre couple débarqua à Hyères après deux heures d’avion. Ils firent le trajet en taxi jusqu'à la villa. Robert avait demandé au chauffeur d'aller lentement, il voulait que Michaëla admire le paysage et quand la route surplomba l'étendue bleu-vert de la mer sur laquelle le soleil irradiait les vaguelettes surmontées d'une légère écume, Michaëla poussa des exclamations de joie : "Que c'est beau la Côte d'Azur ! Je ne la connaissais que par la publicité. Mais réellement, c'est un enchantement pour les yeux".

Le taxi les laissa devant la villa et pendant que le chauffeur rangeait les bagages sur la terrasse de plain-pied, Michaëla admirait le jardin qui s'étendait sur mille mètres carrés et sur lesquels foisonnaient les rosiers et de nombreuses variétés de fleurs de massifs et de monticules de rocailles d'où jaillissait un jet d'eau miniature. Comme cette étendue florale est reposante et somptueuse de coloris.

Ils pénétrèrent dans le salon, où Michaëla fut surprise par le mobilier occidental élégant dans les styles Régence et Louis XVI. Elle s'arrêta devant le piano de concert Steinway et murmura :

– Quel bel instrument !

– Oui ! Répondit Robert, ces pianos sont faits spécialement pour le style de doigté du concertiste. J'ai eu maman et Dorothée comme professeurs aussi je peux prétendre savoir jouer de cet instrument avec assez de bonheur. Ce soir je te donnerai un concert privé.

Michaëla était heureuse, elle se sentait entourée de choses limpides, stylisées dans ce milieu où la famille Desgranges avait vécu. Les enfants y avaient grandi dans l'amour et la joie. Elle poussa un long soupir d'espérance pour que leur couple soit sans faille pour toute une vie, et dans le fond de sa pensée surgit le besoin de faire un enfant ici. Elle en fut surprise mais pourquoi pas ! Cela serait un enfant conçu au pays du soleil et parmi le chant des cigales.

Robert la voyant dans ses pensées l'interpella "Tu rêves chérie ?"

– Oui, en effet ! Je songeais que nous pourrions faire un enfant dans cette atmosphère de lumière, de couleurs vives et de beauté.

– C'est très bien pensé, Michaëla, et nous nous en occuperons dès ce soir. Je viens de terminer le rangement du contenu des valises.

– Va te donner un coup de peigne et nous irons déjeuner à la Belle Aurore. La vue donne sur le Golfe, tu pourras jouir des mouvements des bateaux sur cette immense étendue d'eau.

Elle grimpa les escaliers en courant et en chantonnant. Un quart d'heure après elle se jetait au cou de Robert pour lui plaquer quelques baisers retentissants sur les deux joues.

– Je suis prête.

Elle le prit par le bras et ils se dirigèrent vers la Triumph, puis la voiture les emmena jusqu'au restaurant où ils furent accueillis avec beaucoup de souhaits de bienvenue. Robert était connu depuis son enfance.

– Comment allez-vous M. Desgranges ?

– Très bien, je vous présente mon épouse Michaëla, nous sommes en voyage de noces.

Ils furent complimentés et conduits à leur table. "Là ! Vous serez bien. Vous avez une belle vue sur 180 ° Madame, vous pourrez admirer ce Golfe réputé. À l'occasion de votre mariage, je vous offre le champagne, nous connaissons la famille Desgranges depuis très longtemps, et vous êtes fidèles."

Ils purent admirer le paysage tout en dégustant une cassolette de homard. Robert détaillait tout le panorama qu'ils avaient devant eux, il désignait du doigt le port de Cogolin et la ville qui était la Venise du Golfe de Saint-Tropez. Tout au bout sur la droite la villa de BB.

Michaëla était ravie et surprise de voir les évolutions des voiliers et le mouvement d'entrée et sortie de tous ces Yachts luxueux, ainsi que des paquebots qui faisaient les croisières en Méditerranée. Quelle profusion de bateaux luxueux dans ce Golfe, le défilé ne s'interrompt jamais.

– Oui, c'est ainsi, dit Robert, tout le long de la côte jusqu'à Menton, demain nous ferons la route côtière jusqu'à Monte Carlo, nous coucherons à Nice au Ruhl pour voir la revue du Cabaret, puis nous rentrerons le lendemain en déjeunant à la Napoule.

– Je te propose aussi d'aller à Venise, nous y passerons cinq journées, ce qui sera suffisant pour visiter la ville et Murano.

– Quel programme tu m'annonces, j'ai l'impression d'être dans un monde de Merlin l'enchanteur.

– C'est un peu cela, tellement les paysages sont variés, changeants, toute la palette des couleurs s'offre à nos yeux, l'accent des populations, le crissement des grillons, le chant des cigales, c'est toute la Provence des millénaires écoulés que nous offrent ces paysages.

– Nous n'avons pas tout cela dit Michaëla pour nous rattacher à un passé vieux de plusieurs millénaires. Pour nous c'est trois siècles d'histoire au plus.

Après le déjeuner, ils rentrèrent à la villa et montèrent à la chambre sous le prétexte de faire la sieste, mais il en fut tout autrement... Ils s'étaient promis de faire un enfant.

Vers 17 heures, fourbus, ils descendirent au salon. Robert commanda un repas froid à un traiteur, puis Michaëla rayonnante de joie, ressentant encore des frissons de plaisir parcourir ses chairs, s'allongea sur le divan et langoureusement, s'étira et demanda à Robert de lui jouer de la musique douce.

Il ne se fit pas prier, il lui avait promis ce concert et il entama du Chopin, puis Debussy - Mozart - Fauré.

Michaëla écoutait avec ravissement.

Mais tu es un vrai pianiste lui dit-elle ! Comme tu joues bien, et avec une telle sensibilité !

– Oui dit-il ! c'est la qualité des Desgranges, maman, Dorothée ont cette sensibilité du toucher qu'elles m'ont communiquée, elles furent mes professeurs dès l'âge de cinq ans jusqu'à vingt ans, maman a veillé à me donner ce talent et elle a droit à toute ma reconnaissance. Mais toi Michaëla, pourquoi n'as-tu pas pratiqué un instrument de musique ?

– Non ! Je n'en ai pas éprouvé le désir, papa et maman n'étaient pas musiciens mais nous aimions entendre les œuvres des grands compositeurs ; surtout quand elles sont jouées par des pianistes comme Dorothée et toi mon chéri ! Quand je t'écoute je ressens des vagues d'amour pénétrer mon cœur et mon esprit. J'apprécie beaucoup… puisque c'est pour moi seule que tu joues.

Le traiteur venait de livrer le repas froid – Ils se mirent à table, puis vers dix heures ils montèrent se coucher, ils étaient impatients de reprendre les joutes amoureuses. Ils avaient quelques jours de repos total avant de partir pour Venise – ils auraient moins d'occasion de faire l'amour pendant ce séjour assez chargé en promenades de toutes sortes. Ils rentreraient fourbus à l'hôtel. Ils se rattraperaient au retour à la villa.

* *
*

Ils venaient de rentrer de leur voyage touristique à Venise dont la splendeur avait charmé Michaëla et également Robert car il ne connaissait pas cette ville de réputation mondiale.

Après une nuit de repos dont ils avaient sérieusement besoin, ils allèrent faire une partie de tennis pour se délier les muscles. Ils venaient de rentrer lorsque le téléphone sonna.

Robert décrocha et eut la surprise d'entendre la voix de Pierre Verneuil.

– Tu as du nouveau à m'apprendre, dit Robert.

– Oui ! j'ai obtenu mon départ d'Air France depuis huit jours. Aussi, nous pourrons prendre le même vol Concorde à la fin du mois. Donne-moi le jour de ton retour aux U.S.A. et je prendrai les billets, ainsi tu n'auras à t'occuper de rien.

– C'est une bonne idée, dit Robert, prends également les billets New York - Akron, un vol dans l'après-midi.

– Ce sera fait ! Je demanderai une note de débit au nom de la Ralanca Aircraft, je me ferai rembourser à Akron.

– C'est parfait conclut Robert. En attendant tu potasses en détail le programme que je t'avais donné, ainsi nous gagnerons du temps en arrivant à la Compagnie et tu seras suffisamment au courant de nos recherches pour en discuter avec les autres ingénieurs.

– À bientôt répondit Pierre.

Il raccrocha.

Très bien ! Très bien ! songea Robert avec satisfaction, voilà qui va bien avancer mes affaires...

On entendait des éclats de voix et des rires, Robert se précipita dehors.

– Que se passe-t-il icI, s'exclama-t-il.

Et aussitôt il vit Benjamin et Nancy en grande conversation avec Michaëla. Il y eut les effusions et la conversation reprit tout en rentrant dans la salle de séjour.

– Excusez-moi dit Robert, je vais réserver une table à la Belle Aurore, il n'y a rien à manger ici.

– Cet après-midi j'irai avec Michaëla faire les courses intervint Nancy, nous irons au marché couvert de Sainte-Maxime. Nous achèterons des Côtes de bœuf et un gigot ainsi nous serons ravitaillés pour quelques jours.

– Alors ! Je vois que tout se passe bien ici, vous avez des

mines superbes et je crois que l'amour n'est pas étranger au bonheur qui se lit sur le visage et dans les yeux de Michaëla.

– Oui ! mère, je vis dans une sorte de rêve sur cette Côte d'Azur idyllique et auprès de Robert je suis parfaitement heureuse.

– Tant mieux dit Nancy, il ne vous reste plus qu'à nous faire un enfant.

– Nous nous en sommes occupés, mon père aussi voudrait bien que je lui ramène un garçon dans ma "poche kangourou" rétorqua Michaëla.

Ils éclatèrent de rire.

– Nous allons déjeuner et à 18 heures nous ferons un tennis en double pour nous décongestionner et nous délier les muscles.

Et ainsi se passèrent les deux dernières semaines en promenades, sport, restaurant dans les environs. Puis ce fut la rentrée sur Paris. Benjamin et Nancy étaient restés à la Villa du Golfe, leur souhaitant tout le bonheur du monde.

* *
*

Dès le lendemain de leur arrivée à Paris, le couple Verneuil vint les retrouver Avenue de Villiers. Robert et Pierre montèrent au bureau tandis que Sabrina et Michaëla allèrent faire des achats dans les Grands Magasins et les Maisons de couture. Sabrina avait toute une garde-robe à acheter et elle voulait les conseils de Michaëla laquelle lui conseilla d'acheter de la lingerie fine, des robes et des tailleurs très habillés, elle trouverait aux U.S.A. tout un choix de vêtements pratiques bon marché.

Michaëla prévint Robert qu'elles déjeuneraient quelque part dans Paris et qu'elles rentreraient seulement pour le dîner.

– Nous irons chez Maxim's si tu le veux bien, dit-elle à Robert, nous pourrons danser un peu.

– Très bien acquiesça Robert, nous irons déjeuner chez Petrus et d'accord pour Maxim's c'est une excellente idée.

– Cela me convient très bien, susurra Pierre en souriant. Profitons encore des bonnes sorties parisiennes. Avant notre départ dans trois jours, je vous invite à dîner au Moulin Rouge, il y a une excellente revue. Je vais réserver immédiatement. Et joignant le geste à la parole, il prit le combiné et fit les réservations auprès du Directeur qu'il connaissait. Pierre avait l'habitude de donner aux passagers de 1e classe la carte publicitaire du Moulin Rouge avec un mot de recommandation, aussi le directeur lui précisa qu'ils seraient ses invités.

– Je te dois bien ça dit-il à Pierre.

4

Ils venaient d'embarquer sur le Concorde et après s'être entretenus avec le commandant Roger Mazurel qui était un ami de Pierre il lui dit :

– Tu en as de la chance d'avoir été engagé par une compagnie américaine, puis s'adressant à Robert :

– Si vous avez un poste de chercheur disponible dans votre équipe, je suis preneur, nous avons fait les mêmes études avec Pierre et j'ai même une spécialité qui est la fabrication des micro-ordinateurs, je peux mettre des millions de données dans une puce de neuf millimètres carrés.

– Cela m'intéresse ! dit Robert, préparez-moi une documentation avec C.V. que vous me remettrez avant l'atterrissage. Dès que j'aurai terminé de mettre en place les infrastructures et l'organigramme du Staff des recherches, je vous enverrai un contrat d'engagement, vous travaillerez directement sous les ordres de Pierre Verneuil et vous dirigerez la recherche des ordinateurs avec un Américain, Doug Stone qui est aussi un spécialiste dans ce domaine.

– O.K. dit Roger, regagnez vos places, je vous fais aussi servir le champagne, je vous rejoindrai après avoir pris le palier du plan de vol, 50000 pieds Mach 2.3.

– Hé ! rétorqua Robert, pas trop vite, nous ne sommes pas pressés !

Roger éclata de rire.

– Et mes consignes de vol qu'est-ce que vous en faites !

Ils rejoignirent Michaëla et Sabrina lesquelles étaient en grande discussion sur l'agencement domestique de la villa de Sabrina.

– Je t'aiderai à mettre tout cela en place et te ferai connaître tous les magasins, coiffeur, salons de beauté, restaurants etc. de Akron et de Cleveland. Nous organiserons aussi des petites réceptions entre jeunes au bord de la piscine chez toi ou chez moi, puis nous serons invités chez les membres de notre petit comité d'amies.Je t'assure que tu ne t'embêteras pas, nos maris se moquent pas mal de nous avec toutes leurs inventions qui leur prennent tout leur temps et les détournent de leurs devoirs conjugaux.

– Et bien ! c'est gai ! si c'est ça, je retourne chez ma mère à Paris, dit Sabrina mi-figue, mi-raisin.

– Tu te feras très vite à ta nouvelle vie. Voilà nos maris !

– Il semble que la discussion est animée, dit Robert. De quoi parliez-vous ?

– Des inconvénients d'être mariées à des énergumènes tels que vous, qui n'avez pas assez d'attentions pour vos épouses, tant vous êtes impliqués dans vos recherches. C'est du cocufiage matérialiste.

Ils rirent de bon cœur à cette répartie.

– Vous n'aurez pas à vous plaindre de la solitude, poursuivit Robert, s'adressant à Sabrina, vous ferez partie du club des épouses éplorées et pour ce que j'en sais, vous ne vous embêtez pas quand vous êtes toutes réunies.

– Nous irons passer quelques week-ends au ranch de Dorothée et de Larry, vous apprendrez à monter à cheval.

Sabrina lui coupa la parole.

– Mais je sais monter à cheval, j'étais une adepte du bois de boulogne.

– Alors, c'est parfait, mais vous devrez faire attention, les chevaux sont fougueux et partent au galop sans prévenir, puis, il y a les bosses, les creux, les trous, les arbres dans les futaies lesquels créent quelques difficultés au cavalier. Il faut toujours être bien assis sur sa selle, mais c'est tellement excitant de chevaucher dans ces espaces de verdure et de pousser quelques galops de temps en temps. Vous faites corps avec le cheval et vous respirez à pleins poumons.

– J'apprécierai certainement Robert, mais je ne crois pas que Pierre appréciera, il ne sait pas monter à cheval.

– Eh bien ! nous lui apprendrons ce sport. Nous lui donnerons un cheval très paisible, il s'y fera très vite.

Le commandant de bord annonça la descente sur New-York-Airport Kennedy. Ils attachèrent leur ceinture et atterrirent en douceur. Vingt minutes après ils prenaient le vol pour Akron, lequel durait environ une heure et demie.

Roger Mazurel les avait salués à leur descente du Concorde et il avait donné sa carte de visite à Robert en lui disant : “Si vous avez un job pour moi, je suis à votre disposition, j'en ai vraiment assez de voler sur des lignes commerciales !...”

– Je crois que cela s'arrangera pour vous. Dans trois mois environ, nous aurons terminé toutes les implantations et je vous ferai signe…

Ils quittèrent Roger, lequel laissait éclater sa joie d'être enfin libéré de ce travail quotidien et dangereux.

Pierre Verneuil remercia chaleureusement Robert d'avoir pris la décision d'embaucher Roger.

– Tu ne le regretteras pas, c'est un spécialiste de grande qualité. Je me demande encore ce qu'il a été faire chez Air France… Je crois qu'il a eu un chagrin d'amour ! Je crois. Il n'est pas marié, mais il a fréquenté une jeune fille pendant deux années !...

* *
*

Robert et Pierre venaient tout juste d'entrer dans le bureau d'études que Thomas Young les fit appeler.

Tom donna l'accolade à Robert et lui dit sa satisfaction de le revoir.

– Ton ami Pierre Verneuil, sans doute ! Bienvenue à la Ralanca vous aurez assez de travail sur la planche ici et on compte sur vous pour réaliser des prouesses dans votre spécialité.

– Oui Monsieur ! C'est bien mon intention, j'ai quelques idées que je voudrais réaliser chez vous.

Nos labos vous sont ouverts, cependant j'attire votre attention sur le secret absolu sur les recherches qui se font ici. Vous serez surveillé par un agent de la C.I.A. et j'exige surtout que vous ne fassiez aucune confidence à votre épouse, vous savez, les femmes n'ont pas le même souci du secret que les chercheurs, elles lâchent quelques mots ou des affirmations que les agents secrets notent avec précision, ils s'en servent pour faire des recoupements.

– Bien, Monsieur j'y veillerai…

– Appelez-moi Tom, coupa Thomas Young. Vous êtes invité avec votre épouse à dîner ce soir à la villa. Ah ! autre chose. La C.I.A. m'a informé hier que des agents d'une puissance du Moyen-Orient, suppose-t-on ! s'intéresseraient à nos recherches et que l'un deux vous aurait suivi depuis Paris jusqu'ici.

– Ça ! par exemple ! s'écria Robert. Nous n'avons rien fait ou dit qui puisse renseigner cet agent… Il aurait plutôt suivi Pierre Verneuil dont les travaux sont connus et cet agent voulait savoir s'il était réellement engagé à Ralanca et comme cette puissance étrangère a maintenant eu confirmation que vous êtes bien engagé chez nous, elle est informée sur le type de recherches que vous ferez ici !

Tom poursuivit :

– Nous avons l'avantage de savoir qu'ils sont à pied

d'œuvre et qu'une puissance s'intéresse à nous, c'est donc un avantage et les précautions seront prises en conséquence.

Robert prit la parole :

– Je dois te mettre au courant que je vais engager Roger Mazurel il pilotait le concorde qui nous a ramenés. C'est un camarade de promo de Pierre et il accepte de venir travailler chez nous. Je compte l'engager dans six mois, mais ça, l'agent secret n'en sait rien, mais lorsqu'il aura donné sa démission à Air France le secret sera rompu. Je vais donc le prévenir de ne laisser filtrer aucune information à ce sujet.

– Tant mieux Robert si tu as trouvé encore un oiseau rare, je vais informer la C.I.A. de notre intention de l'engager et leur demander de le faire suivre dès maintenant ainsi nous saurons s'ils s'intéressent vraiment à Roger Mazurel et peut-être que l'agent C.I.A. à Paris pourra démasquer la puissance étrangère qui s'intéresse à nos travaux puis, s'adressant à Pierre : Quelle est la spécialité de votre ami ?

– Physique et chimie des matériaux, un peu de physique nucléaire. Il m'a dit qu'il allait approfondir ses connaissances pendant ces six mois.

– C'est parfait, c'est tout à fait l'homme qu'il nous faut. Je crois qu'à vous trois, vous allez former une équipe performante. Je vais en aviser l'État-Major, nous devons laisser la C.I.A. en-dehors des secrets. Ils ne doivent s'impliquer que dans la surveillance rapprochée. L'Amiral Rudy Grestone adjoint du Général Peter Barow sera de mon avis. Quant à nous, nous aurons à faire à Peter et à lui le cas échéant. Je lui demanderai de nous brancher sur une ligne privée, avec enregistrement sur magnétophone. Vous pourrez lui communiquer tous les messages importants et un rapport succinct de vos travaux chaque semaine. Vous ne l'aurez jamais en ligne. Ses réponses vous serons transmises par son "éminence grise".

Tous approuvèrent de la tête et Robert lança : " Beau travail Tom !"

– Maintenant mes enfants, au travail, Robert tu établiras les programmes pour l'ensemble du groupe de recherches.

Il quitta, le bureau.

– À ce soir pour le dîner !...

Robert, s'adressant à Roger, lui demanda de préparer un plan de travail, après la visite des bureaux, labos et sa présentation au personnel américain.

– Tu ne crois pas qu'il y aura quelques difficultés pour me faire accepter au sein des chercheurs américains ?

– Non ! Ce sont des ingénieurs intelligents qui savent que plus les spécialistes ont de la valeur, plus les résultats sont rapides et probants.

– Bien ! Allons-y !

Ils quittèrent la salle et se dirigèrent vers les bâtiments. Ils étaient heureux de travailler ensemble.

La visite se passa comme Robert l'avait prévu. Tous les ingénieurs acceptèrent Pierre d'emblée et avec le sourire. Il ne restait plus qu'à se mettre à l'ouvrage.

* *
*

Piscine, apéritif et un dîner de grillades, des salades variées et des fruits, les relaxèrent. Larry et Dorothée étaient arrivés dans leur Ralancraft pour voir Michaëla et Robert qui rentraient de voyage de noces et ils firent la connaissance de Pierre et de Sabrina. Le dîner fut joyeux, relaxe et animé, d'autant plus que Tom avait rappelé à ses convives que dans l'enceinte de la villa, il était défendu de parler business.

Les femmes applaudirent et remercièrent Tom.

– À la maison, les hommes sont à nous. Nous sommes capables d'occuper tous ces messieurs, intervint Michaëla et toi mon cher Robert commence par venir m'embrasser et me susurrer des choses tendres…

Puis, elle demanda le silence.

– J'ai une chose importante à vous annoncer! Je suis enceinte…

Tom explosa de joie et courut embrasser sa fille.

– C'est le cadeau que j'attendais de toi. Je vais avoir un compagnon pour adoucir mes vieux jours.

– Hé Dady, comment sais-tu si ce sera un garçon?

– Si c'est une fille je m'en contenterai avec joie et je la cajolerai comme je l'ai fait pour toi.

Chacun félicita Michaëla qui précisa qu'elle irait voir la pédiatre pour qu'elle lui confirme l'heureux événement. Elle y retournerait dans un mois pour en avoir la certitude absolue.

Robert confia à Michaëla qu'il avait apprécié la nouvelle, sans grand étonnement, car ils avaient fait tout ce qu'il fallait pour créer l'événement.

Larry annonça qu'il resterait huit jours à Akron car il avait à voir des amis à Détroit et Chicago. Dorothée en profitera pour rester près de Michaëla et de Robert.

Aussitôt, Michaëla prit Dorothée par le bras et l'emmena à la chambre qu'elle lui destinait.

– Tu sais, je suis si heureuse de t'avoir quelques jours. Nous en profiterons pour visiter les environs et faire quelques emplettes. Sabrina se joindra à nous.

– Cette jeune femme est sympathique, coupa Dorothée, elle sera de bonne compagnie pour toi, surtout pendant les six derniers mois de ta grossesse. D'ailleurs, j'ai décidé de venir te tenir compagnie pendant le dernier mois et je voudrais être là pour la naissance du premier enfant de mon frère chéri. Tu sais combien nous sommes proches, je l'ai toujours assisté et conseillé. Je lui ai appris le piano.

– J'ai pu apprécier ses qualités de pianiste classique à la Villa du Golfe, tous les jours, il me donnait un aperçu de ses talents, coupa Michaëla. Pendant les quinze derniers jours de ta grossesse, je jouerai pour ton bébé de la musique douce, tu mettras les mains sur ton ventre et tu le sentiras réagir aux variations harmoniques, c'est époustouflant de sentir les réactions de l'enfant.

– J'en serai ravie dit Michaëla – Je vais attendre avec impatience cette période si proche de la naissance.

5

Il y avait une grande effervescence dans les bâtiments de la Ralanca Aircraft, c'était l'inauguration des labos souterrains dont l'aménagement venait d'être terminé. Il n'y avait plus qu'à les faire fonctionner. Le représentant de la Maison Blanche était présent avec tout un aéropage de haut niveau dans la hiérarchie des responsabilités militaires et civiles. Le F.B.I. assurait la sécurité.

Il n'était pas question de faire visiter les installations secrètes. Tout ce beau monde était réuni dans la salle de conférence située à l'entrée du bâtiment. Quiconque allait au labo devait passer par cette salle et était filtré dans un sas ou des appareils sophistiqués vous mettaient à nu comme un ver.

Vos vêtements ne devaient contenir aucun objet, même personnel. Tout ce dont vous aviez besoin était rangé dans une sacoche spéciale fabriquée par la Ralanca. Elle était passée au peigne fin et aux rayons dans le sas.

À la sortie même inspection, puis les sacoches étaient rangées dans des armoires personnelles.

Les repas du midi étaient stockés dans un réfrigérateur installé dans le labo, les menus étaient établis pour chaque semaine. Les boissons, eau, jus de fruits et vins étaient stockés dans des containers munis d'un robinet à bille interdisant l'injection de produits nocifs par l'extérieur.

Tous les travaux qui étaient pratiqués dans ces salles faisaient l'objet d'un rapport hebdomadaire qui était transmis au Département central par tubes pneumatiques.

– Ces documents étaient reproduits sur microfilms qui étaient rangés dans le "Coffre Mémoire".

Un groupe de scientifiques dépouillait ces travaux et ils devenaient un ensemble cohérent sous forme de dessins, d'écrits détaillés ou de formules mathématiques, physiques et chimiques.

Robert avait donné tous ces détails aux personnages présents, mais sans préciser le type de recherches qui étaient pratiquées en ces lieux.

Ils ne pouvaient qu'approuver en hochant la tête, car ils savaient qu'ils ne seraient jamais mis au courant sur la nature de ces travaux, mais ils pourraient dire aux contribuables que leur argent était bien utilisé.

Un frugal repas leur fut servi dans la salle des conférences, après quoi, il y eut les congratulations avant le départ du groupe des visiteurs.

* *
*

Tous les ingénieurs et chercheurs prirent possession de leur bureau et des locaux de recherche et des laboratoires. Les affectations avaient été très distinctement définies et le cloisonnement était parfaitement étanche.

Il était pratiquement impossible que des fuites puissent se produire et encore la moisson des renseignements recueillis ne serait que fragmentaire, aussi Tom, Robert et Pierre étaient-ils confiants et rassurés sur la sécurité dans l'ensemble du blockhaus.

À l'extérieur, le F.B.I. assurait la sécurité rapprochée dans un rayon de plusieurs kilomètres, car cette zone était parfaitement anonyme, pas de postes de garde, pas de grillages électrifiés, uniquement quelques caméras et cellules bien cachées reliées au central par coaxial souterrain et système radar, permettant de visualiser tout ce qui bougeait à l'intérieur de cette zone, ou rien n'indiquait qu'elle fut interdite.

Au jour J prévu, tous les travaux avaient commencé et allaient durer pendant des mois, voire des années.

L'événement fut fêté comme il convient à la villa de Tom où se retrouvèrent tous les intimes et les chefs de service de la recherche "OMEGA", nom de code qui avait été donné à ce service ultra secret.

Lorsque tous les invités furent arrivés Tom réclama le silence pour préciser ce qu'il attendait de chaque collaborateur et surtout le mutisme absolu autour de ces travaux.

Il fallait être vigilant car l'agent de la C.I.A. européen avait signalé que trois individus s'intéressaient à la vie privée de Pierre et de Robert. Il y avait même eu quelques investigations du côté de l'Avenue de Villiers et de la Villa du Golfe, ce qui fut une surprise pour Benjamin et Nancy qui étaient présents.

Aussi précisèrent-ils qu'ils allaient faire très attention à ceux qui pourraient évoluer autour d'eux. Larry et Dorothée firent la même remarque.

D'un autre côté le F.B.I. n'était pas mécontent de savoir que déjà une puissance étrangère s'intéressait à la Ralanca, l'objectif serait plus facile à cerner, puisqu'on savait que des agents étaient déjà en piste, on pourrait plus vite en déterminer l'origine.

* *
*

Youri Draka, un Iranien dirigeait les opérations de renseignements sur l'Europe et avait été chargé de l'action des recherches sur les travaux que l'État-Major U.S. était supposé financer chez Ralanca Aircraft et on lui avait demandé de fournir à Téhéran le maximum de renseignements sur la famille Desgranges qui faisait des voyages fréquents sur la Côte d'Azur et les États-Unis à Dallas et à Akron et plus précisément sur le président de la Ralanca dont la fille venait d'épouser Robert Desgranges un spécialiste en aéronautique dont un de ses amis pilote de ligne venait d'être engagé par ce même Robert Desgranges qui devait donc avoir une position importante à la Ralanca.

Comme les États-Unis étaient en dehors du secteur de Youri Draka, on lui avait adjoint un Russe Boris Dravsky, ancien du K.G.B. qui vendait ses services au titre d'agent secret privé à qui voulait bien le payer grassement pour ce genre de travail.

Il avait donc pris contact avec Youri Draka qui s'était présenté à lui comme chef de la mission secrète qui devait découvrir quel genre de recherches avait été confiées à la Ralanca par l'État-Major U.S.

Youri s'était étonné d'avoir à s'occuper des recherches en Europe, alors qu'il s'agissait d'une affaire strictement U.S.

– Tout simplement parce que Robert Desgranges était un pion important dans les recherches qui avaient été confiées à la Ralanca et que ce même Robert était venu passer un mois à Paris pour recruter d'autres scientifiques français, précisa Boris.

– Mais non ! coupa Youri, j'ai appris qu'il était venu en voyage de noces, qu'il avait épousé la fille de Thomas Young président de la Ralanca.

– Exact ! rétorqua Boris. Il faut donc s'occuper de la famille Desgranges et savoir pourquoi Robert Desgranges recrute parmi les spécialistes qui ont fait les mêmes études que lui à Polytechnique, Sup Aéro et Toulouse, donc ton travail sera d'obtenir des renseignements précis sur ces ingénieurs et leur famille. Leurs déplacements de chaque jour et surtout sur quelles spécialités ont-ils travaillé en France au C.N.R.S. et ailleurs !... J'ai besoin de tous ces renseignements que tu m'enverras à l'adresse que voici. Il lui remit une carte de visite, dans le code 22. Je ne te répondrai jamais, je dois seulement recevoir tes renseignements. Tu recevras tes ordres directement de Téhéran nous ne nous reverrons plus, salut...

Sur ce, ils se quittèrent. Boris fit un voyage à Toulouse, il voulait connaître le type de recherches qui étaient en cours dans les différents services aéronautiques. Beaucoup n'étaient pas secrets, car ils intéressaient l'aviation civile. Il fallait plutôt pénétrer au sein du C.N.R.S. où les recherches avaient des buts très précis, mais Boris ignorait qu'il était déjà dans la ligne de mire de l'agent F.B.I. qui opérait en France sur l'affaire Ralanca, d'autant plus que cet agent avait trouvé inhabituel qu'un ancien agent du K.G.B. s'occupât d'affaires iraniennes, mais après l'éclatement de ce même K.G.B. tout était possible et le personnel congédié par manque de crédit ou remaniement politique essayait de se vendre à des nations du Moyen-Orient, lesquelles très riches par l'exploitation du pétrole pouvaient s'offrir des spécialistes du type Boris Dravsky pour pénétrer au sein des secrets américains.

Par contre, Boris était connu des agents de la C.I.A. et du F.B.I. qui ne pouvaient impunément laisser un tel agent secret s'introduire dans les milieux scientifiques des U.S.A., car il avait la réputation d'être efficace.

Les relations avec l'U.R.S.S. étaient au beau fixe, ce qui pouvait faciliter le travail de Boris sur le territoire américain. Aussi, la direction du F.B.I. avait-elle informé tous ces agents d'avoir une attention toute particulière pour Boris Dravsky et de signaler au bureau central tous ses faits et gestes. La C.I.A. devait savoir où se trouvait Boris et ce qu'il faisait à chaque instant. Chaque fois que sa présence était signalée, immédiatement deux agents supplémentaires F.B.I. étaient envoyés en renfort.

Cette toile d'araignée était maintenant bien en place et rien ne pourrait échapper à la surveillance de la C.I.A. et du F.B.I. Mais Boris Dravsky l'ignorait et il se croyait libéré des attentions du service secret U.S., depuis qu'il avait quitté le K.G.B., il y avait deux années. On peut donc penser que la C.I.A. allait tirer profit de cette négligence et mettre ses limiers du F.B.I. sur cette piste.

* *
*

Le Général Peter Barow était chargé des relations C.I.A. avec la Ralanca et il devait superviser tous les détails des relations et travaux que les ingénieurs effectuaient dans les labos et de tout ce qui venait de l'extérieur, particulièrement les fournitures et les livraisons qui devaient être épluchées en détail pour éviter l'introduction d'éléments étrangers, comme par exemple, un émetteur miniaturisé qui pouvait enregistrer et émettre des informations toutes les douze heures par signaux codés du type "Morse". Il suffisait d'installer un poste d'écoute dans un rayon de deux à cinq kilomètres pour recevoir les émissions, et quoi de plus simple qu'une chambre de Motel pour écouter à heures fixes les transmissions ennemies. Il était secondé par l'Amiral Rudy Grestone.

Robert était le seul à être en contact avec le Général Peter Barow et il devait le seconder dans sa tâche. Aussi, avait-il demandé à Peter de rechercher en priorité l'émetteur qui aurait pu être dissimulé soit dans un vêtement, un bouton, une boîte, un instrument enfin tout article qui devait rester en permanence dans un labo.

– Cette possibilité d'introduire un tel émetteur m'était également venu à l'esprit, rétorqua Peter, c'est bien ce genre “objet” espion qu’il faut rechercher. Je suis d’accord avec vous et je vais donner les ordres au F.B.I. de passer au peigne fin tous les hôtels, motels, chambres à louer chez les particuliers, etc. et croyez-moi s’il s’agit de Boris Dravsky, il sera vite repéré car il se croit oublié de nos services secrets.

– Très bien, répliqua Robert, mais n’oubliez pas qu’il peut changer de physique et de visage. Il était considéré comme un des meilleurs agents au K.G.B., il ne faut rien négliger avec de tels personnages.

– Vous avez raison, Robert, nous travaillerons dans ce sens, mais la tâche sera très difficile. De plus, il nous faut localiser les agents iraniens en liaison avec Boris Dravsky.

– Très bien ! dit Robert à Peter, je vous souhaite d’avoir beaucoup de ténacité et d’intelligence pour résoudre ces problèmes. Et il le quitta en souriant, pour rejoindre son bureau où il avait rendez-vous avec Tom Young qui voulait connaître les détails de l’entretien qu’il venait d’avoir avec Peter Barow.

– Il y a deux points particuliers dont nous avons discuté, dit Robert : premièrement la possibilité que les agents étrangers introduisent des mouchards dans les bureaux, tu sais ces récepteurs-émetteurs miniaturisés du genre “Type RE 21” que nous utilisons chez nous, c’est le seul moyen pour cette puissance étrangère de pénétrer dans la forteresse, aussi nous allons prendre toutes les dispositions pour fouiller tout ce qui rentre. J’ai déjà donné les ordres pour que soit installé un tunnel à résonance magnétique avec photo qui restituera tout ce qui passera dans le tunnel.

– C’est une excellente idée et un moyen assez performant, précisa Tom.

– Ensuite, poursuivit Robert, Peter va mettre ses plus fins limiers du F.B.I. sur la piste des Iraniens, dès qu’il aura reçu les informations de l’agent en poste à Téhéran. Les informations qu'il nous adressera nous permettront de les situer sur le territoire

– Enfin, un réseau permanent sera mis en place pour contrôler tous mouvements d'individus suspects ou étrangers à la région, dans un rayon de cinq kilomètres.

– C'est bien ainsi dit Tom, nous aviserons au fur et à mesure des résultats obtenus. Restons-en là. Puis il quitta Robert.

* *
*

6

Six mois étaient passés, sans qu'il n'y ait eu d'alerte particulière au sein des laboratoires. Tous les recoins des centres de recherches avaient été régulièrement minutieusement inspectés.

Les agents C.I.A. avaient repéré Boris Dravsky, lequel avait un peu modifié son visage, mais pas suffisamment pour qu'il ne fût pas reconnu.

Ces agents étaient très discrets pour qu'il ne se doute de rien, de ce fait Boris se sentait libre de ses mouvements.

Seulement voilà ! Boris était très inquiet car malgré tous ses efforts, son intelligence et les moyens sophistiqués qu'il possédait il n'avait pas réussi à introduire des mouchards dans les lieux de recherche.

De plus il n'avait pu obtenir les plans des installations intérieures et cela le gênait beaucoup. Il y avait bien les camions de ravitaillement en tout genre qui entraient et sortaient tous les jours, mais il n'était pas question pour lui de rentrer à l'intérieur au moyen de ces transports et depuis six mois, il se creusait la tête pour trouver une solution.

Il était fébrile et nerveux d'autant plus que Téhéran l'avait rappelé à l'ordre, sans ménagement.

L'idée lui vint d'essayer le camion de la blanchisserie qui livrait le linge propre et ramassait le linge sale chaque semaine.

Il suivit un de ces camions jusqu'au dépôt de la blanchisserie industrielle et il repéra les paniers d'osier qui étaient marqués R.A., d'où il en déduisit qu'ils étaient à l'usage de la Ralanca Aircraft.

Dès la nuit tombée, il pénétra dans les locaux par la façade sud où il n'y avait pas de surveillance et il se trouva dans un local où il repéra trois paniers R.A. sur lesquels il fixa une petite boîte en osier, grosse comme une boîte d'allumettes, laquelle contenait un émetteur-récepteur sophistiqué qui pouvait être éjecté par Boris en appuyant sur un bouton. Il pourrait maintenant recueillir les renseignements sur l'activité de la Ralanca.

Boris se tenait dans sa chambre de motel attendant que l'émetteur donne le signal du commencement des opérations, tandis que Boris le manœuvrait de droite, de gauche, en avant, en arrière et il était soucieux de ne pas avoir encore de résultats.

Mais voilà ! Dans quel labo était tombé l'espion émetteur ? Peut-être dans une simple salle de stockage ? Il était perplexe, l'affaire était très délicate. Le boîtier se déplaçait sur des chenilles et Boris le faisait évoluer à sa guise et il attendait que le boîtier fût contre un mur du labo, puis il le déplaçait à droite ou à gauche pour obtenir une meilleure écoute.

Il était occupé à faire ces manœuvres lorsqu'un grésillement se fit entendre dans les écouteurs qu'il avait aux oreilles, il manœuvra lentement l'espion, le fit tourner jusqu'à ce qu'une conversation devînt audible. Il se frotta les mains de joie, il avait réussi à s'introduire dans le blockhaus et il allait obtenir les renseignements sur les travaux de recherche de la Ralanca.

– Auprès de ceux qui l'employaient, son auréole d'espion serait confirmée et il pourrait exiger des sommes importantes au fur et à mesure qu'il leur fournirait ces renseignements sous forme de puzzle. Ce serait à eux de les assembler. Ils étaient obligés de passer par lui, car l'espion émetteur était sa propriété personnelle, il l'avait conçu et il était le seul à le posséder.

Au cas où ils exigeraient d'être à l'écoute, il s'arrangerait pour déplacer l'espion et le mettre dans une zone neutre. De temps à autre, il pourrait faire entendre quelques bribes de conversation où il serait question de renseignements qu'il aurait déjà fournis.

Il devait néanmoins être très prudent et ne donner que des renseignements permettant d'authentifier des recherches de très grande importance. Il devait donc lui-même trouver quelles étaient exactement ces recherches et assembler lui-même le puzzle car les Services Secrets des pays du Moyen-Orient étaient réputés pour leur sagacité et leur efficacité.

* *
*

Il avait déjà donné quelques éléments qui permettaient de situer les recherches dans la direction de "cerveaux d'ordinateurs" d'une puissance extraordinaire et infiniment petits.

Il est évident que cela présentait un grand point d'interrogation ?

Comment réduire un ordinateur tout en augmentant la puissance de milliards de données ?

Boris était plongé dans la recherche de la solution, lorsque des coups discrets furent frappés à la porte de sa chambre.

Il s'empressa de ranger son matériel et alla ouvrir. Il eut la surprise de se trouver en face du chef du réseau d'espionnage d'Extrême-Orient "AMOLA 01".

– On dirait que vous êtes très surpris de me voir, dit ce dernier ! Vous attendiez quelqu'un d'autre ?

– En effet ! Cela pouvait être Draka… Il est le seul à connaître cette planque… et la Direction de vos Services… Vous ! bien sûr.

– Pourquoi êtes-vous ici Amola 01 ? Avez-vous des renseignements intéressants à me communiquer sur le genre de recherches faites par la Ralanca ?

– Non ! au contraire, je viens aux nouvelles, car au Service Central, nous estimons que vous n'êtes pas prodigue de renseignements.

Boris lui coupa la parole :

– Parlons-en ! La forteresse est bien organisée ! La sécurité qui a été mise en place est absolument hermétique... Puis, avec un sourire de satisfaction, il précisa qu'il était aussi expérimenté que leurs spécialistes, puisqu'il avait réussi à introduire dans les labos des espions à autonomie totale et qu'il allait récolter les premiers éléments positifs.

– Eh bien ! qu'attendez-vous ? éructa Amola 01, pour nous faire connaître les renseignements que vous possédez...

– Oui ! mais vous savez, coupa Boris, ce ne sont que des bribes qui ne permettent pas encore de définir le genre de recherches effectuées dans ces labos.

– Dites toujours ! s'exclama Amola 01, qui trépignait d'impatience.

– Bon ! Bon ! calmez-vous, rétorqua Boris, il pourrait s'agir de micro-moteurs à circuits électroniques commandés par des puces contenant des milliards de données. C'est tout ce que je peux affirmer aujourd'hui, il me manque beaucoup de renseignements de recoupage pour bien préciser ce qui se passe à la Ralanca. Soyez patient ! D'autre part si les Américains découvrent un de mes espions, il faudra tout recommencer à zéro et pour l'instant je n'ai pas de solutions de rechange.

Amola 01 était perplexe, mais il bouillait d'impatience tellement le type de recherche qu'avaient lancé les Américains était fabuleux. Il pensait aux avantages que son pays pourrait tirer de tels micro-moteurs, c'était en effet une importante nouvelle et il se frottait les mains en songeant aux honneurs et au profit qu'il en tirerait. Donc… Soyons patients, ne dévoilons rien pour le moment au Service Central.

Puis s'adressant à Boris il lui dit :

– Prenez votre temps, il faut réussir cette mission, je vais rester dans les environs afin que nous restions en contact permanent au moyen de ces micro-radio-téléphone.

– Il tendait à Boris un petit boîtier gros comme une boîte d'allumettes logé dans une balle de base-ball à ouverture secrète, puis il lui en expliqua le fonctionnement.

– J'ai trouvé un appartement dans les environs immédiats, poursuivit Amola 01, lequel doit rester secret pour tout le monde, même pour le Service Central et vous-même afin d'éviter tout recoupement du F.B.I. Il suffit de rester en liaison avec notre M.E.R. (micro-émetteur-récepteur).

* *
*

Au même moment, le Général Peter Barow de la C.I.A. informait le F.B.I. de la présence de Boris et celle d'un membre influent du Contre-Espionnage Iranien dans les parages et il était urgent de repérer leur position dans le voisinage de la Ralanca, ce qui serait difficile étant donné qu'il s'agissait de deux personnages de valeur et de très grande expérience. L'un d'eux avait déjà été repéré, il s'agissait de Boris Dravsky à Paris, mais on avait perdu sa trace, on savait seulement qu'il était maintenant sur le territoire américain.

La meute des spécialistes du F.B.I. était lâchée et commençait ses investigations dans un rayon de cent miles autour de la Ralanca.

La tâche serait difficile, car on ne recevait aucune onde radio dans les environs et le F.B.I. était donc persuadé que Boris travaillait seul, ce en quoi, il n'avait pas tort.

Après concertation – au bout d'une semaine infructueuse –

les agents du F.B.I. décidèrent de tenir une conférence pour établir un plan qui devrait concentrer, en premier lieu, les recherches et les contrôles, dans tous les motels, appartement en location, villas éloignées du circuit routier etc.

En deuxième lieu, il avait été décidé de contrôler toutes les personnes étrangères à la région, et celles qui avaient l'apparence d'individus semblant s'intéresser à l'activité régionale : tout agent secret a toujours une apparence différente "de tout le monde" mais, les agents du F.B.I. avaient été formés à apprécier cette différence.

Aussi les services secrets américains se sentirent rassurés et ils en informèrent Thomas Young, qui fut lui-même rassuré car il se sentait fébrile d'avoir à assurer la sécurité de son usine et de ses labos.

Il réunit en secret les membres de son état-major pour les mettre au courant de la situation, ce dont ils se félicitèrent – Tous les services de recherche pourraient travailler en paix.

Cependant Robert Desgranges estima qu'il devait demander à tous ses ingénieurs de redoubler de vigilance – dans ce genre de situation on n'est jamais trop prudent...

Puis chacun regagna son poste.

* *
*

Boris était perplexe et il cherchait à comprendre quel type de micro-moteur on pouvait créer, quelle pouvait être la source d'énergie utilisée. Là, il touchait un domaine où il avait très peu d'expérience, il ne pouvait s'appuyer que sur des "on-dit", aussi il décida de prendre contact avec un ami du K.G.B. à la retraite qui était lui aussi un spécialiste de ce genre de micro-truc tandis que lui y "perdait son latin".

Il se mit en rapport avec son ami Youri Datchine qu'il put joindre – après quelques jours de recherches – dans une station balnéaire de la Côte d'Azur française. Il lui demanda de le rejoindre d'urgence qu'il avait du travail pour lui et qu'il le dédommagerait financièrement.

Youri prit aussitôt l'avion à Nice et se retrouva dans les quarante-huit heures auprès de Boris – Les vieux copains du K.G.B. s'embrassèrent copieusement tout à la joie de se retrouver et de travailler ensemble. Puis Boris le mit au courant du contrat qu'il avait avec les services secrets iraniens et que son correspondant se nommait Youri Draka, puis il lui expliqua l'objet de la mission : découvrir quels types de recherches étaient effectuées à la Ralanca lesquelles devaient être très importantes du fait que la C.I.A. et le F.B.I. étaient mobilisés sur une grande échelle, donc la forteresse serait à investir, sans se découvrir, ni éveiller les soupçons.

– D'ailleurs, il se pourrait que j'ai été démasqué depuis Paris, la C.I.A. m'ayant pris en filature depuis que j'ai quitté le Service, ce qui n'est pas le cas pour toi, puisque tu as toujours travaillé à Moscou dans les Labos, sans avoir à faire des déplacements à l'étranger.

– Oui ! en effet ! coupa Youri, ton jugement est correct. Je pourrais donc te doubler, mais pour ce faire, je ne dois pas avoir de contact avec toi et je dois trouver une chambre dans un rayon d'un mile, de préférence dans une villa située en dehors des agglomérations.

Puis sortant un petit boîtier de sa poche il le tendit à Boris en lui disant :

– C'est le dernier-né de mes inventions, un émetteur-récepteur que nous appellerons "Discover B pour toi et Y pour moi". Et tiens-toi bien ! Voilà comment ça marche : cet engin écoute et mémorise toutes les conversations dans un rayon de un mile même à travers les murs et les cloisons les plus épaisses. Nous le questionnerons à 9 heures le matin et 16 heures l'après-midi.

Ainsi toi et moi recevrons les mêmes informations que nous pourrons commenter. Tu me donnes ton avis, je te donne le mien, ainsi nous pourrons converser sans nous rencontrer et prendre nos décisions dans le secret le plus absolu.

– Ah ! cher Youri, je savais bien que tu aurais quelques gadgets super puissants à me proposer. Nous allons faire du bon travail et de plus, nous allons pouvoir espionner les services secrets iraniens.

Ils éclatèrent tous les deux d'un rire de satisfaction, et se donnèrent l'accolade.

– Maintenant soyons sérieux dit Youri, il faut que tu demandes des crédits à Draka car il me faut pas mal d'argent, lequel tu me feras parvenir par la poste ce qui est encore le moyen le plus facile et discret.

– Oui ! tu as raison, je vais demander cinq cent mille dollars en échange des premiers renseignements que je viens de recueillir et ceux que je pourrai lui transmettre bientôt grâce à un sonar très spécial.

– Pas mal trouvé "sonar spécial", coupa Youri, nous l'appellerons "sonar laser" qui définit mieux ce type de gadget. N'oublie pas qu'il fonctionne même plongé dans l'eau. Si on arrive à le placer dans un stockage d'eau, il devient indétectable. Mais voilà ! il faudrait avoir une taupe dans le bâtiment, ce qui n'est pas impossible, l'appât du gain, ramollit les meilleures consciences. Dans le cas présent, il faut choisir l'individu le mieux placé par sa fonction.

– Oui ! poursuivit Boris, mais pour trouver cette taupe, il faut se procurer la liste du personnel et connaître la fonction que chacun exerce au sein des équipes de Labo. Cela ne te paraît pas impossible à obtenir ?

– Pour l'instant, il faut trouver le moyen de déposer l'engin n'importe où, mais qu'il ne soit pas repérable, répondit Youri.

– Tu sais comme moi, que dans l'espionnage on ne trouve pas les solutions, en levant le petit doigt, aussi commençons par réfléchir et prenons le temps qu'il faudra…

7

Pendant ce temps-là, les travaux avançaient à la Ralanca. Pierre Verneuil et son épouse avaient rejoint Akron depuis une année.

– Sabrina Verneuil avait été prise en charge par Michaëla tandis que Pierre formait déjà avec Robert, un tandem scientifique hors pair.

– Ils avaient récupéré Roger Mazurel depuis trois mois déjà et le trio fonctionnait parfaitement d'une manière cohérente dans les recherches et celles-ci commençaient à prendre corps et nos trois ingénieurs pouvaient se flatter d'avoir assez bien défini la configuration dans les trois fonctions qui devaient concrétiser l'engin définitif lui-même.

C'était cette information qu'avait reçue Boris il y avait quelques jours et il se frottait les mains de satisfaction. Il allait pouvoir donner ladite information à Youri Draka et obtenir les cinq cent mille dollars dont il avait besoin. Après quoi, il ne lâcherait les renseignements qu'au compte-gouttes tout en gardant l'essentiel pour lui-même et pour Youri Datchine.

Maintenant Robert, Roger et Pierre allaient pouvoir travailler chacun dans sa spécialité pour mettre au point les éléments constitutifs de l'engin miniaturisé qu'ils devaient créer.

Ils étaient heureux, les trois mousquetaires, d'avoir pu

définir aussi rapidement les bases de ce qui devrait être l'engin objet des recherches de la Ralanca "Device for Orientation Tactic Order" (DOTO) [3]. Chaque élément de ce DOTO était une découverte en soi. Le système électronique du cerveau central était des milliards de fois supérieur au cerveau humain et représentait une puissance incalculable.

Le DOTO pourrait recevoir n'importe quelles informations, les analyser, puis donner les ordres, en conséquence à une centrale de commandement qui les prendrait en mémoire et les exécuterait avec modifications si nécessaire et suivant les cas particuliers.

Un DOTO placé sur un Vaisseau Amiral, pourrait commander seul la bataille navale. De même au commandement des Armées de Terre mobiles stratégiques, il dirigerait l'attaque de l'infanterie motorisée et des chars d'assaut.

– En combat aérien, chaque pilote de chasse et de bombardement en utiliserait un et l'avion deviendrait autonome.

Le DOTO était en soi un cerveau supérieur à n'importe quel État-Major complet. Il pouvait recevoir toutes les informations dans un rayon de cent miles et donner des ordres précis dans le dixième de seconde.

On comprend que les États-Unis, puissent faire des sacrifices financiers énormes pour réaliser de tels projets de recherches et d'aménagement, en particulier, un immense atelier de montage avait été érigé sur le lac Érié.

À partir de cette base, les essais seraient effectués, sur l'eau, tandis que les essais sur terrain bosselé et chaotique, sur des pistes spéciales construites sur un terrain situé dans une zone désertique à cent miles de Akron.

---

(3) dont le développement scientifique et tactique devait devenir le "Robot Stratégique OMEGA" ou RSO.

Un service de sécurité, composé d'agents du F.B.I., veillerait à ce que personne ne s'approche de cette zone. Cette surveillance active, devait fixer les agents étrangers, car ces essais concernaient l'aviation civile et ne relevaient pas du secret d'État.

En effet, la Ralanca avait lancé les études d'un nouvel avion civil pouvant atterrir ou amerrir dans toutes régions du globe, y compris : déserts, plans d'eau intérieurs,tout-terrain, régions arctiques et antarctiques comprises.

Cet avion, comportant une carlingue spéciale assez volumineuse pour recevoir deux moteurs à réaction à tuyères inclinables pouvait décoller sur dix mètres en aquatique.

De même sur pistes ou tous terrains ces tuyères permettraient un décollage sur une très courte distance et une ascension fulgurante, presqu'un décollage à la verticale que les Anglais utilisaient déjà, mais en dépensant beaucoup d'énergie pour obtenir une ascension, somme toute, assez lente.

Le Bureau d'étude de la Ralanca avait une dizaine de spécialistes pour étudier les moteurs et la partie de la coque ventrale devant les recevoir.

Il fallait en outre y loger le train d'atterrissage tout-terrain, ce qui n'était pas une mince affaire. Robert qui avait eu cette idée, voulait absolument que ce nouveau type d'avion sorte rapidement des ateliers de la Ralanca.

Robert avait d'abord demandé aux chercheurs de s'orienter sur une double carlingue : la partie supérieure sans infrastructure particulière, qui devait venir s'emboîter sur une coque à profil de bateau, munie de deux renflements latéraux pour y loger moteurs et tuyères... Des difficultés amenèrent les chercheurs à opter pour une aile delta, dont nous reparlerons.

Les travaux avançaient lentement, mais sûrement, la finalité devait être la réussite, Robert n'arrêterait jamais les recherches et il surveillait leur avancement avec minutie, après tout c'était son enfant ! ...

La sonnerie du téléphone vint troubler ses pensées. C'était le Général Peter Barow qui lui annonçait que ses Services venaient de repérer quatre individus qui semblaient s'intéresser, justement, à cet avion civil. Ils avaient questionné beaucoup de personnes à ce sujet. L'enquête sur ces agents avait prouvé qu'ils appartenaient aux Services Secrets Australiens, Département Industriel. Leur chef était un certain James Laguson, que Peter connaissait.

– Apparemment, poursuivit Peter, ils ne semblent pas s'intéresser à nos recherches militaires. Il se pourrait aussi que les Services Anglais cherchent à faire un recoupement pour vérifier l'exactitude de ce que nos services leur ont confié car ils ont dû être surpris des recherches sur notre programme d'avion civil, qu'ils ignoraient.

Robert lui coupa la parole :

– Laissez-les venir à leur demande d'information officielle comme le stipulent nos accords de réciprocité. Nous aviserons à ce moment ce que nous pouvons leur lâcher comme renseignements et sur quel projet de recherches. Nous travaillons bien de cette façon avec les Services Français, en leur confiant la fabrication de quelques éléments.

– Oui ! vous avez raison Robert !

– C'est à nous de décider ce que nous pouvons leur donner et à quel stade d'avancement des travaux dans nos labos, précisa Peter.

L'entretien était terminé, Peter raccrocha.

De son côté, Robert réfléchissait aux conséquences que pourrait avoir l'activité de ces agents australiens qui ne présentait pas de danger immédiat, mais plutôt d'alerter Boris et Youri Draka sur les recherches faites par la Ralanca dans le domaine de l'aviation civile.

Après tout, le F.B.I. n'avait qu'à faire son travail pour pallier à toute action que pourraient entreprendre tous ces agents secrets et ce n'était surtout pas à la Ralanca de montrer une nervosité qui n'aurait pour effet que d'augmenter l'intérêt de ces agents.

Robert rejoignit son labo en sifflotant.

* *
*

Boris Dravsky, au même moment avait découvert lui aussi, l'activité de ces nouveaux venus australiens. Il connaissait de longue date James Laguson et il se demandait pourquoi cet excellent agent s'intéressait aux recherches de la Ralanca dans le domaine aviation civile : y avait-il quelque chose d'intéressant à découvrir ?

Il prit la décision de contrôler les allées et venues des agents australiens qu'il prit en filature, alors qu'ils sortaient d'une conférence organisée par James Laguson.

Ce groupe ne prenait aucune précaution pour se soustraire à une filature, l'Australie et le Royaume-Uni étaient les alliés des U.S.A. et avaient en principe accès aux recherches secrètes. Ils étaient uniquement là pour une investigation concernant les travaux sur ce nouvel avion civil, lequel intéressait au premier chef, l'Australie qui devait assurer une surveillance permanente et particulière de son immense territoire côtier.

Boris venait d'en avoir la certification par le "micro receiver" à grande puissance qu'il portait toujours sur lui et il venait d'entendre de sa chambre les commentaires du groupe australien au motel où ils logeaient.

Boris était tranquillisé, mais il voulait malgré tout connaître les caractéristiques de cet avion spécial dont les petits secrets pourraient un jour intéresser une puissance asiatique ou africaine.

Cela éviterait de les suivre, son micro receiver lui rapporterait toutes les conversations du groupe, comme en ce moment même, de sa chambre de motel.

Il s'apprêtait à sortir lorsqu'il vit arriver James Laguson qui entra dans la chambre contiguë à la sienne, de l'autre côté. C'était une chance inespérée. Il rebrancha son micro, mais ce fut le silence total... Peut-être James se reposait-il ? Après tout pourquoi parlerait-il ? étant seul...

Ce que Boris ignorait c'est que James "très efficace" avait repéré Boris au moment où il sortait de la conférence un quart d'heure après son groupe et il avait vu dans le même temps, Boris suivre le groupe et il s'était donc démasqué involontairement.

James fut vraiment surpris par cette apparition. Mais que faisait Boris ici à les espionner ? Curieux ! songeait James ce n'est pas le genre de Boris "ex n° 1 du K.G.B." de s'occuper d'aviation civile... Il faut que je m'occupe de lui ! Il savait qu'il occupait la chambre d'à-côté, car il l'avait vu entrer.

– Boris ignore que je l'ai repéré ! Excellent !

Puis il vit Boris sortir de sa chambre et s'éloigner rapidement du Motel.

"C'est bien ce que je pensais, le projet civil ne l'intéresse que par curiosité". James décida donc d'en rester là et de ne pas en informer son groupe, comme cela, il pourrait filer Boris tout en contrôlant son groupe. Il ne prit même pas la peine de plaquer un micro contre le mur de la chambre de Boris. Il savait qu'il ne parlerait pas ni ne téléphonerait. La loi du silence était toujours de rigueur chez les agents secrets expérimentés.

- Comme le groupe devait l'informer de son activité, il en profita pour s'allonger sur le lit. Il avait besoin de recharger ses batteries.

* *
*

Pendant ce temps, les travaux de la Ralanca avançaient normalement, et beaucoup de problèmes très ardus avaient déjà trouvé une solution. L'équipe de nos trois mousquetaires était satisfaite de leur collaboration très étroite. Roger Mazurel, en particulier, grâce à son expérience de la robotique, avait fait avancer certaines réalisations et la centrale de commandement commençait à prendre corps. Les éléments qui gravitaient autour avaient bénéficié de l'avancement du système électronique.

Nos trois copains jubilaient de plaisir, car maintenant tous les travaux étaient dirigés dans la même direction, la réussite finale, et la fabrication des trois premiers prototypes.

Ensuite, il faudrait passer à la phase des essais et faire le choix entre la Marine et l'Aviation. Robert avait une préférence pour l'avion où très peu de personnel était nécessaire, alors qu'un bateau de guerre pouvait être une source de fuites importante pour l'espionnage des puissances étrangères.

Pierre et Roger approuvèrent la décision de Robert de choisir l'aviation. On équiperait le pilote qui commanderait l'escadrille des supersoniques de combat, lesquels seraient automatiquement pilotés par les ordres d'attaque de la centrale de chaque pilote qui était programmée pour exécuter les éléments du combat aérien ou l'attaque d'objectifs.

Les premiers essais seraient faits avec Robert comme Pilote de commandement de Pierre et Roger qui contrôleraient la réception des ordres et l'exécution du plan d'attaque.

Il était prévu que ces avions devaient assurer le plan d'attaque, sans pilote, dans le futur.

Le Général Peter Barow fut mis au courant de l'avancement positif des travaux et comme on peut le penser, se frotta les mains de contentement et félicita les jeunes ingénieurs pour leurs recherches qui venaient de déboucher sur quelque chose de concret.

Il précisa qu'il allait en informer le président et l'État-Major.

* *
*

8

Dans le domaine des recherches de l'avion civil les travaux étaient très avancés, à tel point qu'il avait déjà son nom : il s'appellerait "3 DESIGN S" ou 3 DS, c'est-à-dire Supersonique à trois fonctions. Il pourrait transporter 8 à 10 passagers à la vitesse de Mach 1.2, ce serait un supersonique d'affaires, de tourisme...

Également avion de combat avec aménagement de la carlingue pour le transport des sections de combattants spécialisés dans le combat rapproché ainsi que l'action sur les arrières de l'ennemi. Cet avion 3 DS de combat serait équipé de 12 petites roquettes à charge creuse ou de petites bombes à neutrons le cas échéant.

La propulsion était assurée par deux moteurs du type F 414 fabriqués par General Electric "dont deux ingénieurs faisaient partie du personnel de recherche". Un moteur central moins puissant servait d'appoint pour les décollages courts et le freinage lors des atterrissages ou amerrissages. En outre, ce moteur central permettait les vols à vitesse réduite lors des survols en zone polaire ou tropicale forestière ou désertique, à Mach 0.5 étant donné la surface portante obtenue par des ailes delta d'une largeur de vingt mètres de base.

On voit donc, que cet avion supersonique polyvalent, toucherait un marché très vaste. Il serait donc très lucratif et il assurerait des espérances financières importantes pour la Ralanca. On comprend pourquoi Boris avait décidé d'obtenir le maximum de renseignements sur cet avion civil polyvalent.

D'ailleurs quelques pays s'intéressaient à un tel avion et les nations évoluées ainsi que des sociétés privées comme Boeing et Dassault avaient lancé des programmes d'étude du même genre, mais sur le plan strictement civil.

Sur le plan terrestre le DOTO[4] avait permis d'étudier un tank miniature d'un mètre cube environ avec faisceaux directionnels assurant sa progression tous azimuts et se déplaçant sur coussin d'air jusqu'à une vitesse de 200 km/h.

Le RSO était programmé à la demande du Quartier Général commandant les opérations, pour lancer son offensive.

Il pouvait être équipé d'une charge plastic de grande puissance, ou d'une bombe à neutrons. Aucune construction, des ponts aux blockhaus, aux tanks ou aux troupes d'infanterie, ne pouvaient résister à une telle puissance dévastatrice.

On avait surnommé ce nouvel engin d'artillerie "Le Scorpion" car il en avait la vitesse de déplacement et la rapidité de l'attaque.

On peut juger de l'importance des travaux qui avaient été confiés à la Ralanca, aussi, savants et ingénieurs ne chômaient pas. Parmi eux se trouvait Doug Asmine, américain comme son prénom l'indiquait mais de souche iranienne. Il avait fait ses études à Harvard et il avait été choisi pour ses grandes connaissances en robotique. Il faisait, malgré tout, l'objet d'une surveillance discrète.

---

(4) Le DOTO avait changé de nom. Il s'agissait maintenant du RSO (Robot Stratégique OMEGA).

Les parents de Doug Asmine avaient émigré alors qu'il avait dix ans, au moment de la crise économique qui touchait l'Iran avant le développement du Marché Pétrolier et ils avaient décidé de ce changement de nationalité car le père de Doug était un professeur éminent en sciences et il n'aurait aucune difficulté à trouver un poste dans une université. – d'ailleurs Harvard l'avait récupéré dès son arrivée et lui avait fait obtenir les papiers d'identité de la famille et un contrat de professeur à Harvard. Ils avaient été logés dans une très belle villa à proximité de l'université. Doug était entré dans une High School proche de la Villa. Trois années plus tard, naissait Yasmin, laquelle fut choyée par tous les membres de la famille et en particulier par Doug qui lui voua une affection sans bornes.

Alors que les enfants avaient grandi, Doug avait 28 ans, (sa sœur 15 ans), le Général Peter Barow avait demandé son transfert à la Ralanca pour une durée indéterminée afin d'apporter ses connaissances aux équipes de recherche.

Doug Asmine avait été bien accueilli par le groupe de chercheurs et il s'était parfaitement bien intégré, il faisait seulement l'objet d'une surveillance, surtout depuis que Boris était apparu dans le secteur.

* *
*

Effectivement Youri Datchine avait réussi à se procurer la liste du personnel travaillant dans les labos et quelle ne fut pas sa surprise de voir le nom de Doug Asmine. Sans aucun doute il s'agissait bien d'un nom iranien, quoique le prénom fût américain.

Il fit donc une enquête discrète auprès des Services d'État Civil, pour remonter jusqu'à son entrée aux U.S.A., ce qui l'amena jusqu'aux études de Asmine à Harvard pour constater qu'il avait à faire à un savant spécialisé en robotique.

– Eh Bien ! voilà ! s'écria Youri, leurs travaux doivent s'appliquer à quelque chose de ce genre. Il faut que j'arrive à prendre contact avec ce Doug Asmine afin de lui “tirer les vers du nez” avec discrétion pour ne pas éveiller les soupçons, avant d'utiliser la manière forte.

Youri prit immédiatement contact avec Boris pour le prévenir qu'il avait du nouveau et qu'il était nécessaire d'en discuter.

– Attends-moi ! j'arrive !

D'accord Youri, je t'attends ! nous en profiterons pour discuter sur tous les éléments positifs que chacun de nous a pu récolter çà et là et je crois que nous allons avancer très vite.

Quelques heures plus tard nos deux larrons étaient réunis dans la chambre de Boris qui lui dit :

– Nous allons faire un tour de voiture dans la campagne, nous serons totalement garantis du secret de nos entretiens. Et ils se dirigèrent vers la voiture de Boris qui se trouva une heure plus tard stationnée sur un terre-plein en pleine campagne.

– On sera bien ici ! on verra très bien alentour les indiscrets, s'il y en a ! ...

Boris lui dit :

– Tu commences à me raconter ce que tu as pu glaner comme renseignements.

Youri commença à raconter chronologiquement les renseignements qu'il avait obtenus sur un certain Asmine... Il remarqua la surprise intéressée qui apparaissait sur le visage de Boris, il sourit et lui dit :

– Cela t'intéresse énormément, on dirait ! ...

– Tu parles Youri !

Boris poursuivit :

– C'est vraiment une chance inouïe d'être tombé sur cet Iranien, il faut que nous prenions très vite contact avec lui, nous verrons bien si ton idée d'engin électronique est bonne et si oui, notre fortune est faite, d'autant plus que je viens de constater en suivant le groupe australien de James Laguson que la Ralanca mettrait au point un avion civil polyvalent et Boris donna à Youri tous les renseignements qu'il avait obtenus, et il conclua : Nous allons pouvoir monnayer très vite ces renseignements aux pays arabes et de l'Afrique.

– Tiens ! remarqua Youri, James Laguson est venu mettre les pieds dans cette affaire…

Boris lui coupa la parole :

– Il s'intéresse uniquement à l'avion civil. Je crois savoir pourquoi ! L'Australie est un territoire très étendu avec, montagnes, rivières, déserts et l'avion civil de la Ralanca est prévu pour évoluer dans de tels territoires.

– D'accord ! intervint Youri, mais l'Australie peut obtenir tous les renseignements sur cet avion par les Anglais…

– Tu as raison coupa Boris, je suppose qu'ils veulent faire des recoupements et surtout contrôler lesdits renseignements que les Anglais ont reçus des U.S.A.. Tu sais comme moi, que les renseignements qui circulent entre alliés sont toujours incomplets et qu'il manque souvent la meilleure pièce du puzzle.

– Puisque tu es lancé dans cette filature, continue dit Youri, cela ne peut que nous être profitable.

* *
*

Tandis que les agents des quatre puissances se prenaient en filature les uns les autres, James Laguson demanda au Général Peter Barow d'être reçu pour s'entretenir du projet de la Ralanca et le lendemain à 10 heures il se trouvait dans le bureau du Général et il lui donna tous les éléments des filatures de ses agents.

Après l'avoir écouté avec attention il dit à James que ce qu'il venait de lui confier correspondait à ce qu'il savait déjà, c'est donc un recoupement intéressant que vous m'apportez. Avec votre groupe nous pourrons neutraliser plus facilement les agents iraniens. Vous aurez compris James que nous les avons aiguillés sur l'avion civil pour leur faire comprendre que là étaient les travaux les plus importants de la Ralanca.

Puis après un temps de réflexion il demanda pourquoi les services australiens lui avaient donné cette mission, alors que Londres peut vous remettre tous les documents sur les secrets militaires en vertu de nos accords réciproques.

James "pince-sans-rire" lui rétorqua que parfois la confiance ne règne pas toujours et qu'il manque toujours quelques maillons qui doivent rester secrets un certain temps avant d'être transmis entre alliés, c'est autant de points de fuites évités.

Exact dit Peter, vous et Londres vous recevrez bientôt les informations complètes sur nos recherches. Merci James, continuez vos filatures et tenez-moi au courant. Ils se séparèrent sur un "Good luck".

* *
*

9

Pendant que s'effectuaient ces chassés-croisés entre tous les agents secrets sur le territoire, les épouses de nos chercheurs "toujours très occupés" se lamentaient. Elles décidèrent d'aller rendre visite à Larry et Dorothée à Dallas.

Michaëla demanda à son père de disposer de l'avion et du pilote de la Compagnie.

– C'est une bonne décision que vous avez prise, cela vous changera les idées. Allez donc passer une semaine au ranch Ronson. Je me chargerai moi-même de prévenir vos époux et en riant il conclut : vos maris seront ravis de cette nouvelle ! (...). Il disparut en riant de bon cœur.

S'adressant à Sabrina Verneuil, Michaëla, hésitante, lui demanda, si elle pensait que Robert et Pierre seront fâchés d'apprendre qu'elles étaient parties sans les prévenir.

– Oui ! il faut les prévenir, nous pourrions avoir des ennuis en rentrant.

Michaëla prit le téléphone et appela Robert et lui annonça la nouvelle.

– Mais oui ! très bonne idée, vous passerez huit jours merveilleux au ranch, embrasse bien Dorothée pour moi, je préviens Pierre qui est à côté.

– Merci Robert chéri ! tu comprends, nous avons besoin de changement.

– C'est parfait ! bon voyage, passe un coup de fil à ton arrivée.

Elles se rendirent au terrain d'envol de la Compagnie, en voiture, qu'elles abandonnèrent pour sauter dans le Ralancraft dont les moteurs tournaient au ralenti.

– Elles se laissèrent tomber dans les fauteuils du premier rang et éclatèrent de joie en songeant à cette escapade... car c'en était une, elles avaient "ras le bol" de traînailler entre Akron, Cleveland, le lac... et au diable leurs maris, ils se débrouilleraient tout seuls. Ils iraient manger au restaurant, joueraient aux cartes ou au billard pour se consoler d'être seuls.

– Ils allaient comprendre ce que c'est que d'être seul jusqu'à la dépression, alors que dans la journée nous sommes livrées à nous-mêmes, recommençant sans cesse les mêmes gestes, se traîner d'une pièce à l'autre ou faire la sieste au bord de la piscine, etc.

– Ils n'ont pas ce problème, car ils sont accaparés par leur travail dix à douze heures d'affilée et toujours fatigués en rentrant à la maison, c'est tout juste s'ils s'aperçoivent que nous existons. Ils en oublient même leurs devoirs conjugaux.

Sabrina réveilla Michaëla qui était noyée dans ses pensées en la secouant légèrement et lui dit :

– Si tu savais comme je suis contente de connaître ce fameux ranch, dont vous parlez toujours. Je vais aussi connaître Dorothée et Larry. Tu vas voir ! lorsque nous rentrerons, nous allons trouver nos maris prévenants, charmants, les yeux brillants de désir, trouvant les mots d'amour pour obtenir nos faveurs...

– Oui ! coupa Michaëla. Nous les ferons languir un peu avant de leur céder.

Elles se regardèrent dans les yeux avec un petit rire coquin, alors que l'avion descendait pour atterrir sur la piste de la propriété puis il roula pour se ranger auprès de l'hélicoptère, où les attendaient Dorothée et Larry. Après de chaleureuses effusions ils rentrèrent dans le salon.

– Quelle bonne idée vous avez eu de venir passer quelques jours avec nous, dit Dorothée. Cela va aussi nous changer les idées, car je suppose que c'est pour cela que vous avez pris cette décision. Quelle fut la réaction de vos maris ? poursuivit-elle en souriant…

Michaëla s'exclama :

– No problem ! Ils se sont montrés très compréhensifs.

Sabrina précisa qu'elle avait admiré le cottage au travers des hublots lequel apparaissait comme un lieu paradisiaque où il doit faire bon vivre".

– Oui ! en effet ! dit Larry, mais nous partirons pour le ranch après demain et là aussi, vous aurez des surprises agréables.

Il poursuivit : Dorothée va vous conduire à vos chambres et nous irons dîner au Grand Hôtel, puis demain vous assisterez au concert que donne Dorothée.

– Je croyais qu'elle ne donnait plus de concert coupa Michaëla…

– En effet ! mais tous les ans, elle donne un concert pour les écoles maternelles de Dallas et vous êtes arrivés à point pour y assister.

Sabrina et Michaëla suivirent Dorothée et après une touche de rafraîchissement, elles partirent en voiture pour aller dîner à Dallas, ainsi que l'avait annoncé Larry.

Pendant le dîner, la conversation roula sur beaucoup de sujets, en particulier Dorothée voulait tout connaître sur l'avancement des travaux de Robert et de Pierre…

– Mais nous ne sommes pas au courant de ce qu'ils font pendant leur journée, s'exclamèrent en chœur Michaëla et Sabrina. Ils rentrent fourbus le soir à la maison et c'est nous qui en faisons les frais sur le plan intimité. C'est pour cela que nous avons décidé de venir à Dallas et au ranch, pour nous changer les idées. D'ailleurs, ils ont approuvé notre décision, sans rechigner…

– Il faut les comprendre s'interposa Larry, ils font des recherches très importantes pour le Pentagone…

Il fut coupé par Dorothée qui lui dit : Tu n'as pas la parole ici, tu es en minorité. Si tu t'avisais un jour d'agir de cette façon, je filerai sur Paris chez ma mère.

– Ne te fâche pas ! Je peux tout de même donner mon opinion ! non !

– Très bien, Larry ! maintenant, laisse nos amies vider leur amertume. Elles vont passer deux semaines au ranch avec nous pour se ressourcer et elles rentreront à Akron en pleine forme.

Le dîner se poursuivit agréablement, la Direction présentait quelques attractions qui divertirent agréablement les dîneurs et à onze heures, ils regagnèrent la villa.

Ils se levèrent tard car le soir il y avait le concert de Dorothée. À dix-sept heures chacun regagna sa chambre pour se mettre en tenue de soirée.

Le concert devait débuter à 19 heures dans la Salle du Symphonic Orchestra où il y avait une grande animation, il n'y avait plus une seule place de disponible. Les Texans avaient adopté Dorothée pour son talent, pour sa beauté et pour son dévouement aux causes sociales. Tous les ans le même concert avait lieu pour les enfants des classes déshéritées et la recette atteignait le million de dollars, les Texans voulaient se montrer à la hauteur de la générosité de Dorothée et les pétroliers ne voulaient pas se montrer ingrats, d'autant plus qu'il s'agissait de Madame Ronson l'épouse du Pétrolier bien connu.

Le Concert se déroula dans la bonne humeur, l'amitié et les applaudissements après que le Maire eut clôturé le concert par un discours de remerciements à l'attention de la Diva et de Larry le Pétrolier qui avait eu le bonheur d'épouser un "tel gisement".

Toute la salle éclata de rire et se vida très rapidement.

Puis les amis des Ronson se retrouvèrent pour le souper prévu au Grand Hôtel. Michaëla et Sabrina étaient aux anges, une telle soirée les changeait de l'atmosphère des soirées provinciales de Akron.

Michaëla téléphona à Robert pour lui dire ce qu'elle faisait à Dallas... Bougon, réveillé en plein sommeil, il l'apostropha, mais quand il eut entendu qu'il s'agissait d'un concert donné par sa chère Dorothée, il la remercia par des paroles charmantes et des baisers du bout des lèvres qui claquèrent dans l'écouteur.

* *
*

Le lendemain après-midi ils embarquèrent dans l'hélicoptère et trois heures après, ils entrèrent dans le salon de la magnifique maison du ranch. Nos deux amies ne pipaient mot, tellement elles étaient dans l'admiration de ce qu'elles voyaient, le confort de ce cottage, la richesse du mobilier. Dorothée les regardait en coin avec sourire.

– Croyez-vous que vous allez passer un bon séjour ici ?

– Oh oui ! s'écrièrent-elles en chœur, c'est charmant et imprévisible...

– Allez donc faire un tour vers les écuries admirer les magnifiques pur-sang et le jardin fleuri attenant.

Elles se précipitèrent pour aller visiter le jardin et les écuries, tandis que Dorothée faisait monter les bagages dans la chambre à deux lits dont les fenêtres donnaient sur le jardin fleuri.

Elle ouvrit en grand l'une d'elle et fit signe de la main à Michaëla et Sabrina qui admiraient les plantations florales très variées, où dominaient de superbes massifs de roses.

Dorothée en les voyant si heureuses, se remémora les années passées, où elle s'extasiait de ce merveilleux jardin qu'elle parcourait aux bras de Larry lorsqu'ils étaient au ranch. Depuis, les années s'étaient écoulées et il y avait eu la naissance de Vanessa et de Bradley lesquels en ce moment faisaient leurs études à l'High School en internat.

Que d'années de bonheur passées au côté de Larry, maintenant c'était le bonheur de Robert qu'elle voulait aussi heureux que le sien. Michaëla semblait capable d'assumer cette mission et l'enfant qu'elle portait resserrerait d'autant plus leur mariage, car Robert était un homme droit, honnête, scrupuleux sur les liens du mariage et il aimait profondément Michaëla.

Donc pas de soucis à se faire à ce sujet, puis en chantonnant elle descendit au salon où Michaëla et Sabrina l'attendaient pour lui raconter ce qu'elles avaient vu, les fleurs, les magnifiques chevaux, elles ne tarissaient pas d'éloges sur cette splendide propriété.

– Eh bien ! tant mieux, mes enfants ! Demain nous irons faire une promenade à cheval dans la prairie où à perte de vue paissent des milliers de bovidés

– Oui vous avez raison, cette propriété est magnifique et on déguste à pleins poumons l'air de la campagne pur de toute pollution.

– Maintenant nous allons prendre un drink en attendant le dîner.

Elles prirent place au bord de la piscine, tandis qu'une servante disposait sur la table, petits fours et boissons fraîches.

Larry arriva à son tour et tout de suite s'adressant aux jeunes dames leur dit :

– Inutile de vous demander si vous avez vu des choses intéressantes, car la joie emplit vos yeux et votre sourire. Bienvenue au ranch dit-il en soulevant son verre.

Puis il annonça le programme de la journée pour le lendemain. Il consisterait en une promenade à cheval et un barbecue au Corral avec les cow-boys qui nous serviront des T'bones[5] comme vous n'en avez jamais mangé Sabrina. Michaëla connaît, elle est américaine.

* *
*

Le lendemain à 10 heures, les chevaux étaient sellés et notre petite troupe partit à travers les sentiers, puis se lancèrent au galop dans les herbages.

À onze heures ils arrivèrent au Corral où des cow-boys vinrent les saluer et se saisir des chevaux pour les emmener boire et se reposer jusqu'à 16 heures, heure prévue pour le retour.

Les boissons étaient déjà servies sur les tables et furent les bienvenues, car il faisait chaud.

Guitare, accordéon et harmonica apportaient une note harmonieuse au décor rustique et la gaieté des convives – une dizaine de cow-boys – s'exprima de plus en plus fort au fur et à mesure que les bouteilles de bière se vidaient.

Les chants ne manquaient pas, ils rappelaient la période de la conquête de l'Ouest. C'était très réussi ! Michaëla n'arrêtait pas de filmer les scènes les plus comiques et les plus typiques. Elles pourraient montrer à leur mari combien elles s'étaient diverties. Elles avaient aussi l'intention de leur demander d'y retourner avec eux pendant huit jours, lorsqu'ils pourraient se libérer.

Le retour, soit en trots ou galops répétés, aiguillonnaient les bêtes qui en profitaient pour se détendre les muscles et piaffaient de plaisir en soufflant fortement des naseaux.

Et ainsi passèrent huit jours de joies débridées. Mais le retour fut moins apprécié.

(5) Aloyau dont l'os est coupé en T renversé.

Robert et Pierre les attendaient à l'aérodrome privé de la Ralanca et leur prodiguèrent des effusions très marquées de plaisir. Il faut dire qu'elles étaient réciproques.

Dans la voiture les deux épouses n'arrêtaient pas de raconter ce qu'elles avaient vu et ressenti pendant ce séjour.

Arrêtez ! dit Robert. Gardez-en un peu pour le dîner, que nous avons prévu dans le restaurant près du Lac, nous y sommes déjà allés plusieurs fois.

– Nous aussi nous voulons profiter de la nature, renchérit Pierre.

Trente minutes après, ils étaient attablés au restaurant “Le bord du Lac” où nos amies, à tour de rôle détaillèrent le programme de leurs journées passées au ranch.

Pierre qui ne connaissait pas le ranch Ronson était émerveillé par ce récit et il dit à Robert :

– Il faudra que nous allions y passer 8 jours.

– Je connais déjà, répondit Robert, mais il me reste beaucoup de choses à découvrir, par exemple, la pêche dans les ruisseaux et les étangs. Puisque Michaëla a filmé leurs randonnées nous verrons cela à la maison, demain soir, après ou avant le dîner !

– C'est entendu Robert, dit Michaëla, nous avions aussi l'intention de vous demander de prévoir huit jours de vacances au ranch le mois prochain…

– Nous verrons ! coupa Robert, je pense que dans un mois nous pourrons nous échapper pour réaliser ce projet.

Michaëla, Sabrina et Pierre applaudirent avec enthousiasme à cette généreuse décision.

Ils rentrèrent à la maison et les retrouvailles se passèrent dans les délices d'une nuit d'amour.

* *
*

Comme il se doit, Robert n'avait pas fait mention des événements graves qui s'étaient passés à la Ralanca. La surveillance très rapprochée que pratiquaient les Australiens eut des conséquences dramatiques pour deux Iraniens qui étaient venus renforcer l'équipe de Youri Draka et au cours d'une action conduite aux environs du bâtiment des recherches du Lac Erié, ils étaient tombés "nez à nez" avec les agents australiens, lesquels les avaient froidement éliminés.

Cette affaire fit beaucoup de bruit et l'Iran en profita pour en faire une affaire diplomatique. Des excuses du Gouvernement américain clôturèrent cette bavure sans qu'aucune explication ne fût donnée quant à la présence des Iraniens dans ce secteur "interdit".

Cependant James Laguson fut appelé par le Général Peter Barow qui le tança vertement pour cette action "trop directe".

– Vous rentrerez avec votre équipe en Australie, lui dit-il en substance, nous voulons travailler seuls. Vous comprenez maintenant James, que les Iraniens viennent de découvrir que les travaux que nous faisons dans les bâtiments sur le Lac Érié ne concernent que l'aviation civile. Ils savent, dorénavant, que les recherches militaires, se font exclusivement dans les nouveaux bâtiments de la Ralanca et c'est là qu'ils vont centraliser leurs efforts.

Pour ce qui est du suivi de nos recherches vous ferez un compte rendu détaillé à votre Direction et vous leur direz de prendre contact avec le représentant de la C.I.A. à Londres qui leur fournira tous les renseignements qu'ils désirent connaître. Vous pouvez disposer James ! Bon voyage !

James ne se le fit pas dire deux fois. Il claqua des talons, salua et se retira rapidement. La semonce avait été claire et sans équivoque. Il n'était pas fâché de rentrer en Australie, car la mission qu'on lui avait confiée l'agaçait profondément. Que ses chefs se débrouillent avec Londres…

* *
*

10

Une conférence sur l'avancement des travaux venait d'avoir lieu à la demande de Robert Desgranges, les recherches arrivaient à leur phase finale et les instances militaires et civiles proches du Président devaient être mises au courant.

Ils quittèrent la salle de conférence avec le sourire, l'exposé de Robert avait été très significatif quant aux résultats obtenus sur le plan militaire, laissant supposer la construction d'armes offensives aussi bien que défensives de premier plan et dans la construction de l'avion civil trivalent que le ministre de l'industrie avait qualifié de "structure polyvalente pour le développement du marché mondial". Les profits seraient énormes pour les constructeurs américains. Aussi nous remercions les chercheurs de la Ralanca pour ces excellents résultats.

Les militaires avaient été plus discrets, sachant déjà comment exploiter ces travaux. Ils devaient, avant tout, en garder le secret.

Puis, ce fut un brouhaha de conversations avant que chacun se sépare, très satisfait de ce qu'ils venaient d'entendre. Le sourire était sur tous les visages.

* *
*

Robert Mazurel et Pierre Verneuil regagnèrent leur bureau pour travailler à la phase finale du projet OMEGA tandis que Thomas Young et Robert Desgranges rejoignaient leur bureau en compagnie du Général Peter Barow et de l'Amiral Grestone afin de définir l'achèvement du programme de recherche avant de passer aux essais sur le terrain.

Peter annonça que les agents secrets avaient soudainement augmenté la pression sur le Centre et il semble qu'ils aient obtenu quelques renseignements qui les auraient incités à se rabattre sur les labos.

– Il faut donc redoubler de vigilance, car la liquidation des deux Iraniens par les Australiens a mis la puce à l'oreille de Boris Dravsky qui a renforcé son dispositif autour de la Ralanca et ses agents posent beaucoup trop de questions à une foule de gens…

Après un moment de réflexion il poursuivit :

– À mon avis il cherche un contact avec une personne qui travaille dans les labos et n'oubliez pas qu'ils peuvent aller jusqu'à l'enlèvement de membres de la famille des ingénieurs qui travaillent chez nous. Donc vous devez prévenir votre personnel de cette possibilité et prévenez vos familles également. Je me retire, soyez vigilants, nous restons en contact 24 heures sur 24.

Peter quitta le bureau, alors que chacun était plongé dans ses réflexions. Au bout d'un moment, Robert intervint et conseilla à ses amis de ne rien changer à leurs habitudes et surtout de ne rien dire au personnel, afin que celui qui cherche à s'approprier nos secrets, ne sache pas que nous sommes en alerte. Nous pourrons plus facilement le repérer.

– Oui ! Tout à fait, cette solution semble la meilleure, approuvèrent Pierre Verneuil et Robert Mazurel.

– Parfaitement coupa Robert Desgranges ! Maintenant au travail…

*   *
*

Effectivement Boris savait qu'il fallait pénétrer directement les secrets par le biais du personnel. Il avait déjà repéré Doug Asmine et avait demandé à Amola 01, à Youri Draka et à Rhâmi Ashra de lui fournir un rapport complet sur cet Iranien qui avait un poste important dans les recherches, après quoi on procéderait si nécessaire à son enlèvement, puis à celui de son fils Luc. Youri Datchine avait entièrement approuvé le plan de Boris. On ne toucherait pas à la femme de Doug pour que sa douleur puisse être un élément déterminant sur son époux afin de le contraindre à parler.

*   *
*

Trois jours plus tard Amola 01 remettait son dossier complet sur la famille iranienne Asmine restée en Iran, en la personne de l'oncle de Doug.

– Ce serait un joker que l'on garderait pour la phase finale de l'opération… Inutile de faire des remous en Iran, lesquels pourraient créer des attaques de la part d'associations iraniennes étrangères. Donc pour l'instant on laisse l'oncle Asmine à l'écart décida Boris.

– Très bien ! Vous avez raison, dit Amola 01, je vais donner les consignes à mes services en Iran. Et ils se séparèrent.

Boris et Youri Datchine acquiescèrent de la tête et ce dernier précisa :

– Voilà un bon début, tous les pions sont en place, je vais prendre contact avec ce Doug Asmine, je lui parlerai de son pays que je connais très bien et j'ai un avantage sur toi car je parle l'iranien. J'ai travaillé pour le K.G.B. dans ce pays pendant cinq années à l'époque de la guerre du Golfe, nous étions en bon terme avec eux à cette époque.

– C’est parfait ! tu passes à l’action immédiatement. Quant à moi, je vais voir où en sont les Australiens. Je ne voudrais pas perdre mon temps avec eux et Boris se dirigea en voiture vers le Motel.

En arrivant il remarqua les deux voitures qui stationnaient et il pensa en lui-même : “Ils doivent être en conférence…”

Effectivement, dès qu’il fut rentré il se mit à l’écoute de la chambre de James Laguson et il entendit celui-ci rendre compte à son équipe de son entretien avec le Général Peter Barow.

Cela n’avait rien d’étonnant après le meurtre des deux Iraniens. James racontait qu’il avait reçu une belle semonce et l’ordre de quitter les États-Unis immédiatement avec son équipe.

– Alors ! vous avez compris bande d’abrutis ! hurlait-il. Voilà où nous mènent vos fantasmes et votre incompétence. Sortez d’ici et rejoignez l’Australie. Quant à moi, je vais à Londres où je dois recevoir des informations sur les recherches civiles de la Ralanca. Les études sont terminées et ils vont passer à la phase des essais en mer et sur le terrain de la Ralanca. Notre mission est terminée ici.

– Eh bien, voilà ! mon travail est également terminé. Je vais moi aussi prendre congé. J’ai obtenu les renseignements sur cet avion sans “coup férir”. Mes chefs vont être heureux d’apprendre les tenants et aboutissants de cette affaire d’avion civil.

* *
*

Boris s’empressa de quitter les lieux. “Je n’ai plus rien à faire ici”. Il fit ses bagages, lesquels se limitaient aux affaires de toilette et à un peu de linge de corps. Il sortit et se dirigea vers sa voiture. Dès qu’il serait arrivé, il prendrait contact avec Youri Datchine pour le mettre au courant de la situation Australienne, il allait bien rire…

– Maintenant, il faut que nous reportions nos efforts sur Doug Asmine et j'espère que Youri pourra obtenir les informations sur cette famille Asmine vivant aux U.S.A..

À peine rentré chez lui il prit son émetteur et au bout de quelques secondes, il obtint Youri. Il le mit au courant de ce qui s'était passé. Il entendit l'éclat de rire de Youri.

– Maintenant à toi !

Youri lui précisa que Doug Asmine était arrivé aux U.S.A. avec ses parents et sa sœur encore au berceau, alors que lui avait cinq ans. Les grands parents étaient restés en Iran et étaient âgés, donc il n'y avait rien à faire de ce côté. Amola 01 s'en occuperait sur place le cas échéant.

Le père de Doug, professeur réputé de physique, venait de prendre sa retraite et vivait avec sa femme dans une confortable villa des environs de Akron. Parents et enfants restaient en contact permanent, c'était une famille unie, sans histoire. Yasmina, sœur de Doug, était professeur de Français - Anglais - Iranien dans un collège spécialisé en langues étrangères et orientales.

Doug et sa sœur Yasmina vivaient sur les bases fondamentalistes des personnalités au pouvoir en Iran et c'est peut-être par l'aspect religieux de sa vie qu'il serait possible d'atteindre Doug. Il restait son fils, âgé de huit ans qui se rendait chaque jour à son école, il serait facile de le kidnapper si c'était nécessaire. Voilà ! C'est tout !

Très bien ! dit Boris, nous allons réfléchir à tout ça et nous nous rappellerons demain.

* *
*

À la Ralanca les travaux avançaient à pas de géant et les essais étaient prévus dans quinze jours. Afin d'agir sous le couvert du secret absolu les premiers essais consisteraient à ordonnancer la bataille navale avec l'appui des chasseurs, ainsi on testerait les transmetteurs d'ordres électroniques montés sur les croiseurs et la chasse aérienne. Les cerveaux électroniques avaient été conditionnés pour l'ensemble des combats navals et aériens.

Il ne resterait plus qu'à regarder la bataille navale et aérienne qui se déroulerait sous les yeux des ingénieurs et de l'État-Major confortablement installé dans des fauteuils. L'enregistrement en détail de tout l'ensemble se déroulerait à la fois sous leurs yeux et sur les écrans.

* *
*

L'heure H arriva. Une fusée rouge et les ordres par vidéophone annoncèrent le début des combats. Tous les téléscripteurs étaient en fonctionnement et déjà les haut-parleurs diffusaient le cours des événements.

La première action annoncée, fut celle de l'interception d'une escadrille de chasseurs qui se dirigeait vers les objectifs. On entendait le vombrissement des moteurs aux accélérations en chandelle qui se mêlaient aux chuintements des piqués, au crépitement des mitrailleuses lourdes et aux éclatements des missiles. C'était impressionnant. Quand un avion avait été touché par le faisceau laser du missile ou les impacts de balles, les contacts produits étaient transmis à un boîtier récepteur comportant des voyants rouges qui s'allumaient à l'impact.

Aussitôt le pilote devait décrocher et rentrer à sa base, il était "out". En même temps ces mêmes éléments étaient visionnés et comptabilisés au poste de commandement du Vaisseau Amiral.

Il avait été convenu et programmé que lorsque la destruction atteindrait quarante pour cent, la bataille aérienne cesserait. Puis, ce serait l'attaque sur les croiseurs dont les batteries de 380 canonnaient déjà les bateaux ennemis. La bataille navale et l'attaque des bombardiers venaient d'être engagées. Des feux rouges s'allumaient aux impacts des obus et des feux bleus à ceux des torpilles larguées des avions : on assistait à un véritable feu d'artifice et l'action des boîtiers de stratégie R.S.O. à eux “seuls” assurait la stratégie des combats. Bateaux et avions étaient téléguidés dans leur action mortelle.

Lorsqu'un croiseur avait été touché à mort, il devait se retirer.

La bataille navale et aérienne fit rage pendant trois heures. La stratégie des R.S.O. avait désigné à l'avance vaisseaux et avions qui seraient vaincus.

La bataille cessa et seuls les vainqueurs vinrent se ranger au côté du Vaisseau Amiral tandis que les chasseurs bombardiers regagnaient leur base sur un porte-avion qui naviguait aux environs.

Après que le tonnerre de ce feu d'artifice eut cessé, ce fut un immense silence qui régna sur le Vaisseau Amiral et il fallut de longues minutes pour que les conversations s'animent à nouveau et ce fut un brouhaha de questions, de réponses, d'exclamations joyeuses, pour exprimer la satisfaction de toutes les personnes présentes.

Nos trois mousquetaires, Robert, Pierre et Roger Mazurel se congratulaient avec le sourire. Tom Young et le Général Peter Barow s'approchèrent d'eux pour leur témoigner leur satisfaction, tellement les résultats avaient dépassé leurs espérances.

– Mes amis, je crois que nous détenons avec notre système R.S.O., la pierre philosophale de la stratégie des forces armées dans n'importe quelle situation, que ce soit attaque ou défense. Nous détenons la puissance totale et irréversible en combat. Personne n'osera nous attaquer… Sachons en user à bon escient.

Les essais s'étaient terminés en apothéose et toutes les forces militaires engagées rentrèrent à leur base.

Sur le Navire Amiral les discussions allaient bon train. Le Général Peter Barow et l'Amiral Grestone convièrent ingénieurs et personnalités du Sénat à une conférence.

Le Général prit la parole, pour résumer les combats qui venaient de se dérouler.

– Vous avez tous constaté les résultats positifs du système R.S.O. de la Ralanca et je demande aux sénateurs présents de faire voter la première tranche des crédits pour démarrer la construction de ce "robot" de stratégie que nous appelons "RSOméga" ou R.S.O.

– D'accord Peter, intervint le sénateur Bill Lazard. De quels crédits avez-vous besoin ?

– Cinquante millions, précisa Peter, pour la fabrication de tous les outillages afin de lancer la fabrication.

Tom Young intervint :

– Vous ajoutez la même somme pour lancer la série par tranche de cent mille "R.S.O". Après nous aviserons selon les besoins du Q.G.

– D'accord Tom, ce sera fait dans huit jours.

– Nous vous remercions Bill d'agir aussi vite. Je vois que tu as bien compris que nous devons équiper toutes nos "Forces U.S." avec le R.S.O., conclut Peter. La séance est levée.

Thomas Young et ses ingénieurs rentrèrent à la Ralanca pour établir le planning des fabrications. Peter Barow lança :

– Tiens-moi au courant Tom.

– O.K. Peter ! nous ferons une réunion dans un mois.

* *
*

11

Une quinzaine d'années avaient passé et la santé de Benjamin Desgranges déclinait régulièrement chaque année. Il avait déjà eu un avertissement cardiaque. La charge de travail de quatorze heures par jour l'avait épuisé prématurément. Les voyages, les repas d'affaires avaient apporté des séquelles dans ses circuits artériels et veineux.

Des cures fréquentes à Royat avaient éliminé en partie son artérite, mais les séquelles étaient toujours présentes. Il devait suivre un traitement qui le maintiendrait à peu près en forme.

Dorothée Ronson en avait ressenti une grande anxiété et demandé à ses parents de venir vivre à Dallas. Ainsi elle les aurait près d'elle et pourrait suivre l'évolution de la santé de son cher papa.

Elle aurait aussi près d'elle Nancy, qui n'avait pas de problèmes particuliers de santé mais malgré tout, les années avaient buriné son beau visage de rides apparentes.

Robert était tout près et pourrait avec Michaëla venir les voir un week-end par mois.

Grâce à l'insistance de Dorothée, ils avaient enfin accepté de s'installer à Dallas.

Robert et Michaëla étaient venus les accueillir et pendant trois jours la famille avait été réunie. Bradley et Vanessa

Ronson avaient explosé de joie et ils ne quittaient pas leur papy et mamy, leur prodiguant l'insouciance de leur jeunesse, de la joie et un amour qui leur faisait chaud au cœur. Aussi en avaient-ils ressenti une chaleur intérieure qui les avait rassurés et confortés physiquement.

Larry était aux petits soins pour eux et veillait à ce qu'ils ne manquassent de rien. Il les emmenait au ranch pour se changer les idées. Benjamin et Nancy s'offraient quelques promenades à cheval.

La vie familiale s'était parfaitement organisée et ils pourraient rester auprès de leurs enfants jusqu'à leur mort. Larry leur avait bien précisé que maintenant ils vivraient ici et ne voyageraient plus entre la France et les U.S.A.. Benjamin et Nancy l'avaient chaleureusement remercié et lui avaient dit :

– Vous êtes aussi notre enfant Larry. Dorothée et les petits-enfants avaient approuvé avec autorité.

Bradley faisait de brillantes études à Yale, il avait décidé de devenir Sénateur républicain du Texas, ce qui ne plaisait guère à Larry. Son père lui, avait des tendances affichées de Démocrate, mais cela ne gênerait pas la carrière de son fils car il abhorrait la politique. Cependant il reconnaissait volontiers qu'une évolution sociale importante marquait depuis des années la politique des U.S.A., l'influence intelligente des “Blacks” s'élargissait dans tous les secteurs de la vie américaine. Beaucoup de Noirs avaient des charges importantes, la ségrégation était bien terminée et les mélanges entre Blancs et Noirs étaient de plus en plus fréquents. Le métissage apportait un sang nouveau à l'Amérique et des liens amicaux et sociaux apparaissaient entre les races dans la “vie économique” américaine. Après tout, pensait Larry, mon grand-père était un aventurier venu dans ce pays pour s'y faire une situation, et il avait réussi. Laissons faire, les événements se chargeraient de niveler et de conduire cette vieille démocratie américaine aux plus hauts sommets. Laissons les jeunes générations s'en occuper ! ...

Une semaine était passée depuis l'arrivée de Benjamin et Nancy. Ils devaient maintenant téléphoner à Michaëla pour lui annoncer qu'ils étaient à Dallas depuis huit jours et qu'ils étaient impatients de la voir ainsi que leur petit-fils Robert Thomas junior qui avait déjà quinze ans…

On se rappelle en effet que Michaëla était enceinte lors de la visite qu'elle avait faite avec Sabrina aux Ronson et deux mois avant l'accouchement, les Ronson et les Verneuil avaient passé quinze jours au Ranch en compagnie de leur épouse, suivant la promesse qu'ils leur avaient faite.

Pendant les quinze années qui suivirent le jeune Tom Jr. avait grandi et il se préparait à faire ses études au Lycée Henri IV à Paris pour préparer l'X comme son père, il voulait travailler à la Ralanca et prendre la succession de Robert lorsque le moment serait venu. Le grand-père Thomas, alors âgé de 80 ans, en avait pleuré de joie. Ce qu'il avait créé était en bonnes mains et il était serein pour affronter la mort. Peut-être aurait-il encore le temps de voir la naissance d'une fille.

Michaëla était encore jeune et elle était enceinte. Elle en était tout heureuse, Tom Jr. était grand, elle aurait donc tout le temps d'élever cette fille qu'elle attendait depuis longtemps.

* *
*

Donc, après ce coup de fil inattendu, toute la famille décida d'aller passer huit jours au Ranch. Tom Jr. était heureux de revoir ses grands-parents français. Papa Tom senior les accompagnerait car il avait beaucoup d'estime pour Benjamin et il voulait revoir cet ami – qui lui avait donné un gendre tel que Robert – avant de mourir.

Il savait aussi que Benjamin avait de graves ennuis de santé, et ils pourraient l'un et l'autre se réconforter et prier ensemble pour que la mort ne les sépare pas trop vite de leur famille. Benjamin était plus âgé de quelques années que Tom.

C'est ainsi que la petite troupe atterrit au Ranch un beau matin. Les effusions furent tumultueuses, Robert ne lâchait pas son étreinte avec Benjamin, tant il avait peur de le perdre "mon fils, mon fils", répétait Benjamin les larmes aux yeux. Nancy regardait la scène avec une très grande émotion.

– Alors Robert ! tu oublies ta chère maman !

Elle s'approcha, et Robert les eut tous les deux dans ses bras. Quelques larmes mouillaient leurs yeux...

– Ah ! fichtre ! quelle belle réunion de famille ! C'est merveilleux de se trouver tous réunis, s'écria Thomas Young.

– Mon cher Benjamin, c'est peut-être bien la dernière fois qu'il nous sera donné de nous congratuler.

– Oui Tom ! répondit Benjamin. J'en ai bien peur, je ne vaux plus un "clou".

– Oui ! nous sommes des vieux clous rouillés, mais au moins Benjamin, nous avons fondé une sacrée famille, rétorqua Tom en riant.

Les conversations continuèrent au salon, alors que des rafraîchissements étaient servis.

Pendant que les femmes restaient au salon pour discuter, les hommes étaient partis voir les écuries et les chevaux qui piaffaient en entendant la petite troupe venir à eux. Un étalon trépignait et hennissait d'impatience car il avait senti Larry son maître et il lui fit des démonstrations amicales lorsque Larry lui prit la tête dans ses bras.

- Quelques animaux sur terre sont les amis des hommes, des femmes et des enfants et leur manifestent une amitié sans faille. Ils font partie de la société humaine, depuis que Noé les lâcha dans la nature.

Larry avait désigné un cheval pour chacun des visiteurs.

– Demain, nous nous mettrons en selle et ferons une grande promenade. Je demanderai tout à l'heure quelles sont les dames qui voudraient bien nous accompagner.

Nancy, Benjamin et Dorothée avaient décidé de faire à part une courte promenade. Dorothée s'occuperait de ses parents.

– Très bien ! dit Larry, ils ne pourraient supporter une longue chevauchée.

Le dîner était prêt, chacun se servit de viandes grillées et de légumes, salade, etc. Après quoi une bonne nuit rétablirait les conditions physiques de chacun.

Le lendemain ce fut la première promenade familiale à travers les prairies et pendant une semaine, elles se renouvelèrent entrecoupées de parties de golf, de tennis, de billard et de poker, puis ce fut les adieux et le retour à Akron. Il fallait reprendre le travail.

Pendant ce séjour à Dallas, Benjamin organisa une réunion afin de décider d'une chose importante : le lieu où ils seraient enterrés. Il précisa que n'ayant plus d'attaches familiales en France et toute sa famille ayant décidé de devenir américaine par les mariages, ils seraient enterrés ici au Ranch ou au Cottage de Dallas, c'est Larry qui en déciderait – un terrain serait réservé à cet effet – ainsi Benjamin et Nancy reposeraient auprès de leurs enfants et petits-enfants.

Chacun approuva et même félicita Benjamin d'avoir pris cette décision. Thomas Young précisa qu'il ferait de même à Akron.

* *
*

12

Maintenant il faut que nous revenions aux travaux de la Ralanca et on se rappelle que les premiers essais avaient été un succès. Il était nécessaire de les confirmer par une deuxième expérience qui engagerait des forces deux fois plus importantes sur un espace beaucoup plus large avec des intervalles de plus de cent miles entre les forces navales, les escadrilles d'avions arriveraient directement de leur base.

Il était nécessaire de tester les limites opérationnelles des R.S.O. entre les belligérants et le Q.G. d'État-Major du porte-avion Amiral. Ce serait en somme la détermination des capacités dimensionnelles du R.S.O. et de là, on en tirerait les thèmes des batailles stratégiques futures.

État-Major, ingénieurs et tous ceux qui étaient concernés par cette expérience d'envergure, travaillaient à la mise au point de cette deuxième expérience.

* *
*

Nous avons vu au chapitre 10 que Amola 01, Youri Draka et Rhâmi Ashra, à la demande de Boris et de Youri Datchine, s'étaient mis à la recherche des éléments concernant la famille Asmine, aussi bien en Iran qu'aux U.S.A. et leur rapport détaillé venait d'être remis à Boris Dravsky, lequel avait aussitôt contacté Youri Datchine pour établir un plan d'action envers Asmine et sa famille.

– C'est parfait, avait répondu Youri au téléphone, j'ai déjà eu un contact positif avec Doug Asmine. Je te donne rendez-vous au carrefour de cross country ! ...

Deux heures après, les deux agents prenaient connaissance du rapport d'Amola 01 et ils constatèrent que tout le contenu cadrait parfaitement avec les renseignements qu'avait obtenus Youri sur les proches de la famille Asmine et de Doug lui-même qu'il avait rencontré dans un bar, où il avait eu une conversation informelle avec lui, pour ne pas alerter sa méfiance. Il avait surpris agréablement Doug par sa connaissance de la langue iranienne.

– Je crois Boris, que nous allons obtenir quelques renseignements, avait expliqué Youri, mais il est indispensable que je sois le seul à obtenir de lui les renseignements dont nous avons besoin. Il ne se méfiera pas du traquenard que je compte lui tendre. Pendant ce temps tu contactes toutes les personnes mentionnées dans le rapport iranien d'Amola 01 on se revoit dans deux jours ici où nous sommes.

– C'est parfait ! exulta Boris, excellent travail ! Nous avons toutes les cartes en mains, à nous de les assembler.

Ils se quittèrent, joyeux, se frottant les mains.

* *
*

Youri Datchine n'eut pas de mal à reprendre contact avec Doug, alors qu'il s'apprêtait à rentrer dans sa villa.

– Ah ! Doug ! C'est vous, je ne pensais pas vous revoir ici !

– J'habite ici, dans cette villa avec ma famille. On peut bavarder un moment de votre pays où j'ai passé cinq merveilleuses années et où j'ai apprécié la culture de haut niveau de votre peuple ! ...

– Ah ! Cela me fait beaucoup plaisir d'entendre parler de l'Iran comme vous le faites ! Nous sommes en effet une très vieille civilisation !

Youri lui coupa la parole :

– Venez prendre quelque chose au bar qui se trouve là-bas à cinq cents mètres, nous parlerons de votre pays.

– Je veux bien, répondit Doug avec le sourire. Je n'ai jamais eu ce plaisir, depuis que je suis aux U.S.A. – à part les nouvelles par la télévision.

Ils entrèrent dans le bar et s'assirent confortablement dans de gros fauteuils de cuir.

– Vous travaillez dans le coin ? Vous avez l'air d'avoir un bon job.

– Oui, à deux miles d'ici à la Ralanca Aircraft.

– Mais c'est un constructeur en aéronautique ! Vous êtes un spécialiste en aéronautique vous-même ?

– Non, pas spécialement, je m'occupe de micro-ordinateur.

– Ah bon ! mais qu'est-ce que la Ralanca veut faire de micro-ordinateur ?

– C'est un élément qui entre dans un complexe beaucoup plus important...

– C'est une très belle situation que vous avez à la Ralanca, coupa Youri, ne voulant pas laisser découvrir la démarche qu'il tentait auprès de Doug.

Il poursuivit donc :

– Vous êtes arrivé très jeune aux U.S.A. et de ce fait, vous ne connaissez pas l'Iran ?

– Effectivement ! Je le connais par les détails que mes parents m'ont rapportés. J'avais dix ans et mes souvenirs se sont très vite estompés. Nous en parlons très peu, d'ailleurs.

Youri changea de sujet.

– Vous savez Doug j'ai passé cinq années à parcourir votre pays. J'étais attaché culturel à l'Ambassade d'Autriche, mais je suis d'origine ukrainienne – Excusez-moi Doug, mais je dois vous dire que je vivais avec une Iranienne d'une grande beauté et j'ai passé cinq années merveilleuses avec elle. J'aurais pu l'épouser mais nos religions étaient différentes et elle voulait rester fidèle à la sienne.

– Ces problèmes religieux sont toujours la source de conflit entre des êtres qui s'aiment et qui voudraient vivre ensemble, répliqua Doug.

Youri reprit,

– C'est souvent ainsi que finissent les belles histoires d'amour. Mais maintenant c'est du passé. Il poursuivit : vos parents n'ont pas eu de difficultés pour venir s'installer ici ?

– Oh ! Pas du tout ! coupa Doug, mon père était un scientifique réputé et Harvard l'a réceptionné dès son arrivée aux U.S.A.. Moi aussi je suis entré comme élève à Harvard pour obtenir mon master en micro-électronique et physique.

– Oh ! très bien Doug ! Je vois que vous êtes un scientifique de valeur, c'est peut-être par votre spécialité que vous êtes entré à la Ralanca ?

– Oui ! la Ralanca m'a fait une offre très intéressante pour travailler dans leur laboratoire.

– Pour travailler sur des micro-moteurs relais, coupa Youri…

– Comment savez-vous ça ...

– J'ai émis cette idée, parce que j'ai moi-même travaillé sur des ordinateurs qui devaient transmettre des ordres à distance.

– Oui, c'est ça ! s'exclama Doug, c'est un peu ce que nous avons réalisé.

Youri sursauta légèrement et changea de sujet pour cacher son émotion. Doug avait lâché le secret sans s'en rendre compte aussi poursuivit-il…

– Vous êtes maintenant bien intégrés dans la vie américaine ! L'Iran ne vous manque pas un peu ?

– Non ! pas du tout ! précisa Doug, je n'ai que quelques souvenirs d'enfance de l'Iran et mes parents ont toujours évité de m'en parler pour ne pas troubler mes esprits. Ils avaient décidé un jour de devenir américains, et de tout faire pour atteindre ce but. Aujourd'hui, ce projet est réalisé.

Vous avez fait un bon choix, vos parents et vous-même. Puis, changeant de sujet, il demanda à Doug s'il accepterait de dîner un soir avec lui :

– Je vous présenterai un ami qui connaît un peu l'Iran.

– Pourquoi pas ? répondit Doug. Ils fixèrent une date et se séparèrent, heureux d'avoir eu cet entretien, mais celui qui l'était vraiment c'était Youri Datchine.

* *
*

Youri Datchine, en effet, pouvait être satisfait de ce contact. Il serait facile d'obtenir maintenant le renseignement précis sur ce que la Ralanca avait réussi à créer dans ses laboratoires et ce serait certainement une grande surprise.

Il s'empressa donc de contacter Boris pour lui dire de venir au croisement de la forêt.

– J'ai réussi Boris ! lui dit-il joyeusement. À dix-sept heures demain au carrefour.

À l'heure convenue, les deux agents se retrouvèrent au croisement de la forêt et se donnèrent l'accolade. Youri Datchine prit la parole et donna les détails de son entretien avec Doug Asmine. Au fur et à mesure Boris marquait sa satisfaction par des hochements de tête et lorsque Youri eut terminé il s'exclama :

– Pas très futé ton Doug, il ne s'est vraiment douté de rien ! Il est vrai que tu as tactiquement bien conduit cet entretien. Je vais t'annoncer une autre bonne nouvelle : un de mes anciens collaborateurs vient de me contacter, poursuivit Youri

Datchine, il s'agit d'Émile Lichine. Cet agent du K.G.B. était un spécialiste des interrogatoires sous hypnose, Doug nous révélera tout ce que nous voulons savoir et il ne se rappellera de rien.

– Excellent, dit Boris ! Comment comptes-tu t'y prendre ?

– Tu m'as dit que tu avais prévu un dîner où j'assisterai ! Eh bien, il y aura Émile Lichine. Nous allons trouver un hôtel-restaurant où Émile louera une chambre et pourra ainsi payer chambre et repas en liquide, s'il devait y avoir des recherches du F.B.I. Mon ami est un inconnu pour eux et n'est pas fiché aussi ils feront "chou blanc" et ne sauront pas quels étaient les trois acolytes qui participaient à ce dîner avec Doug.

– Youri poursuivit :

– Le dîner se déroulera normalement et on parlera uniquement de l'Iran, pays culturel touristique. Je mettrai une poudre dans son verre à la fin du repas. Un quart d'heure après, Doug sera dans l'état d'une légère ivresse supposée. Il nous suivra alors comme une personne normale jusque dans la chambre louée par Lichine qui passera à la phase de l'hypnose sur Doug et après, à nous de jouer.

– C'est parfait appuya Boris, ce programme est excellent, car jamais le F.B.I. ne pourra retrouver trace de cet entretien avec Doug qui ne se rappellera de rien, sauf qu'il aura dîné avec des amis pour parler de l'ancienne civilisation de l'Iran.

* *
*

Le plan de Youri Datchine et de Lichine ne devait pas présenter de difficultés et le jour où il devait être mis en œuvre arriva et tout se passa comme cela avait été prévu.

– Notre ami Doug rentra chez lui enchanté de sa soirée, dont il lui restait seulement la discussion sur l'Iran, comme souvenir, rien de ce qui s'était passé dans la chambre sous hypnose ne lui était resté en mémoire. Il avait pourtant raconté et précisé le travail des recherches qui se faisaient à la Ralanca et il raconta même qu'un essai préliminaire avait déjà eu lieu et qu'une deuxième bataille aéronavale aurait lieu.

Où va se passer cette bataille? Avec le fameux donneur d'ordre fictif, objet des recherches de la Ralanca?

Doug avait précisé que le véritable Q.G. n'aurait qu'à enregistrer les actions de la bataille navale et aérienne. Boris, Youri et Émile Lichine en étaient restés perplexes... Lichine avait arrêté l'expérience. Le groupe était descendu aux toilettes et avait ramené Doug à son état normal. Ainsi ni vu, ni connu, notre Doug s'était réveillé et n'avait pas été surpris de se trouver là. Il avait poussé un long soupir et avait remercié ses amis. Il était rentré chez lui en sifflotant. Il avait vraiment apprécié cette soirée.

Il ne se doutait pas, qu'il venait de révéler les secrets de la Ralanca à une puissance étrangère, mais pas du tout ! ...

* *
*

Au lieu de se séparer, Émile Lichine proposa de remonter dans sa chambre, afin d'être tranquille pour discuter et réunir tous les éléments de la situation, en fonction de ce que Doug Asmine leur avait confié.

Assis confortablement dans un fauteuil un verre de vodka à la main. Boris prit la parole :

– Je crois que maintenant seul Youri Datchine doit avoir un contact permanent avec Doug, au cas où nous aurions besoin d'autres renseignements. Nous connaissons le but des recherches, il fait nul doute qu'ils ont réussi à construire un robot miniaturisé qui peut être placé n'importe où – sur un navire de guerre, un avion, un tank, etc.

– D'après Doug, ce que j'ai compris, dit Youri Datchine, spécialiste de ces engins électroniques, les chercheurs de la Ralanca ont dû mettre au point un cerveau électronique très puissant qui peut mémoriser des ordres précis et détaillés pour être restitués sous forme d'ordres. En somme un Q.G. à lui tout seul pouvant ordonner une bataille, les états-majors n'intervenant plus. Doug a bien dit que le Q.G. n'avait plus qu'à regarder sur des écrans le déroulement des attaques, pour les analyser.

– Ce cerveau, messieurs, peut recevoir des milliards de données, c'est un ordinateur très supérieur au cerveau humain, coupa Émile Lichine. Nous avions commencé des recherches dans cette direction, lorsque l'U.R.S.S. explosa politiquement et économiquement, mais nous étions encore loin de trouver la solution.

– bien ! renchérit Boris, nous avons trouvé ce que nous cherchions, à nous de le monnayer auprès des Iraniens. Nous allons dès maintenant établir notre plan d'action, ensuite nous convoquerons Amola 01 et Rhâmi Ashra, pour leur mettre le marché en main.

* *
*

13

On se rappelle qu'après les résultats positifs des premiers essais le général Peter Barow et l'amiral Grestone avaient – au cours d'une conférence de l'État-Major et des chercheurs de la Ralanca – décidé de passer au deuxième essai sur échelle dix fois plus importante afin de connaître les limites exploitables des R.S.O.

Le jour J était arrivé et toutes les forces navales et aériennes étaient en place dans le Pacifique à 500 miles au Sud-Ouest des Bahamas.

L'action des engagements navals et aériens se situerait dans cette zone, alors que le Vaisseau Amiral resterait aux Bahamas pour réceptionner tous les éléments de la bataille qui se situerait à une distance entre 700 et 800 miles, suivant l'évolution des combats aériens.

Un autre bâtiment – un croiseur serait en position à 500 miles des Bahamas, donc dans le champ des évolutions des belligérants. Il permettrait de comparer la qualité et la précision des éléments reçus par les deux navires. Seul l'État-Major connaissait le plan des combats qui avait été intégré dans les R.S.O.

À l'heure H le déclenchement des hostilités commença et une gigantesque bataille aéronavale commença.

* *
*

Sur les vaisseaux, les appareils de réception crépitèrent et une multitude de chiffres rouges défilèrent sur les écrans.

La vidéo assurait la transmission des images de tous les engagements maritimes et terrestres, sous tous les angles sur les vingt écrans reliés aux vingt caméras qui filmaient les combats, soit des avions, soit des navires.

Les avions abattus devaient figurer une vrille en piqué, puis l'image disparaissait. Il en était de même pour chaque navire coulé, il devait rentrer à la base sans fournir d'image.

Pendant huit heures, toutes les formes de combat furent utilisées : les attaques de front, sur les flancs des unités, sur leurs arrières, pour les batailles navales. Pour les avions, il s'agissait d'assurer l'interception parfaite après quoi les combats aériens commencèrent avec toutes les figures de voltige.

Les R.S.O. transmettaient parfaitement les données dont ils avaient été programmés. Ils jouaient pleinement le rôle qui leur avait été dévolu : exécuter les ordres du Q.G.

Au Q.G. du Vaisseau Amiral toutes les personnalités présentes suivaient sur les écrans toutes les phases des combats et la satisfaction se lisait sur leur visage.

Robert expliquait toutes les phases des combats à Peter Barow et à Tom Young. L'amiral Grestone qui avait programmé les batailles navales complétait les explications de Robert Desgranges.

De leur côté Pierre Verneuil et Robert Mazurel s'appliquaient à fournir à deux autres groupes de techniciens civils et militaires le mode d'emploi des R.S.O. et le système d'entrée des données établi par le Q.G.

Après huit heures de batailles acharnées les combats cessèrent et des milliers de questions fusaient des groupes qui s'étaient formés pour commenter ce qu'ils venaient de voir.

Chacun donnait son avis, mais seul le résultat positif intégral comptait : conduire une bataille aéronavale sans État-Major et sans pilote.

La démonstration était terminée et probante. Les participants se retirèrent pour établir leur rapport qui serait remis au Président et à quelques sénateurs responsables civils au ministère de la Défense du Territoire.

* *
*

La satisfaction se lisait sur tous les visages. Quant à Robert Desgranges, il discutait déjà avec Peter Barow et Tom Young des essais prévus la semaine prochaine de l'Avion Trivalent Supersonique d'Affaires, de Tourisme et de Transport de sections de combat.

Il avait été baptisé "DESIGN 3 D", car il avait 3 fonctions et 3 moteurs. Il pouvait atterrir sur tous les terrains ou amerrir sur plan d'eau.

Il était équipé d'un R.S.O., relié aux centrales à inertie de pilotage automatique pour répondre à toutes les données des actions programmées sur le R.S.O.

Il pouvait accueillir dix personnes à bord ou vingt soldats de combat en enlevant les sièges. Il serait le complément des R.S.O. du système OMEGA.

La semaine suivante aurait lieu les essais SCORPION qui deviendrait l'arme d'attaque foudroyante de l'infanterie ou de défense dans le cas d'attaque ennemie sur le territoire national.

Ce programme étant définitivement établi ils se séparèrent pour se retrouver dans huit jours. Les essais auraient lieu sur le Lac Érié, le Q.G. voulait que ces essais puissent être vus, sans plus. Ainsi on détournerait l'attention des agents étrangers dont l'action était connue et suivie de près par la C.I.A. et le F.B.I. depuis quelque temps. Il fallait absolument s'occuper d'eux, dès maintenant.

* *
*

En effet, un rapport adressé par l'agent C.I.A. en poste à Téhéran, faisait état d'une animation inaccoutumée dans les services secrets iraniens. Certaines informations prétendaient que les agents iraniens avaient réussi à identifier le genre de recherches pratiquées par la Ralanca, lesquelles étaient de première importance dans les tactiques de combat en attaque et défense.

L'Iran avait envoyé trois agents supplémentaires afin d'obtenir le maximum de renseignements sur des engins spéciaux et ils avaient reçu comme instruction majeure, l'ordre d'en obtenir un exemplaire, par tous les moyens.

À réception de ce dossier, Peter Barow, Grestone, Tom Young et Robert tinrent une conférence et Peter conclut : Il faut éliminer physiquement toute personne qui s'approchera des zones interdites du bastion Ralanca du bâtiment de recherche sur le Lac Érié. Il poursuivit :

– Je viens d'apprendre par nos agents : Primo, que le groupe Boris. Datchine avait obtenu des renseignements importants sur nos activités.

Comment les ont-ils obtenus ? Personne ne sait…

Celui qui pourrait être dans le collimateur serait un certain Doug Asmine, de souche iranienne…

– Non ! Coupa Robert. Cet excellent ingénieur est au-dessus de tout soupçon. Il mène une vie familiale exemplaire et ne fréquente aucun lieu permettant les contacts.

– Bien, Robert ! dit Peter, laissons tomber, mais je vais mettre une surveillance très pointue.

– Oui ! mais ce qu'ignorait le général, c'est que Boris avait obtenu ce qu'il voulait et jamais plus Doug ne serait contacté par lui.

Peter Barow poursuivit :

– Nous avons été avisés de l'entrée aux U.S.A. de trois agents iraniens spécialistes en "close combat" qui n'hésiteraient pas à tuer pour remplir leur mission. Ils sont sous filature rapprochée par un groupe du F.B.I., auquel j'ai donné ordre de les éliminer s'ils s'aventuraient dans la zone interdite.

D'autre part, je crois que ces agents ne prendront pas contact avec le groupe Boris car ce serait une faute, mais qu'ils resteront en relation avec Amola 01 qui est maintenant sur place et leur chef direct. À mon avis ils ne peuvent plus intervenir qu'à l'intérieur de l'usine fabriquant les R.S.O., pour s'approprier un échantillon.

Tom Young lui coupa la parole :

– Pour réaliser un R.S.O., ils sont obligés d'avoir les plans de tous les schémas, car il n'est pas possible de décortiquer un R.S.O., les circuits sont très complexes, etc.

– Oui ! C'est exact, répliqua Peter. C'est pour cela que trois exemplaires des schémas sont enfermés en lieu sûr au Pentagone et les autres ont été brûlés.

Robert acquiesça de la tête et précisa que l'élément le plus important était fabriqué à l'extérieur, donc impossible de copier un R.S.O., affirma-t-il !

* *
*

Dans le même temps Boris et Youri avaient monnayé les renseignements sur le R.S.O. Téhéran en avait été informé par Amola 01 et ils n'eurent aucune difficulté à obtenir les cinq cent mille dollars qu'ils avaient demandés en contrepartie.

Amola 01 y avait trouvé son compte car il avait été hautement félicité et une prime spéciale lui avait été accordée. Maintenant il ne travaillerait plus avec le groupe Boris et mènerait l'action seul, assisté des trois agents qu'il avait réclamés. Il avait déjà obtenu des renseignements sur l'usine où était fabriqué le R.S.O. Il avait contacté très discrètement Doug Asmine lequel lui avait appris que des essais avaient eu lieu au sud des Bahamas.

– Je sais que ces essais furent un succès. Les combats se sont déroulés sans acteurs, ni dans les avions, ni au Q.G.

– Comment est-ce possible ? s'était écrié Amola 01 quelque peu ahuri.

– Oui c'est comme ça, avait répondu Doug : plus d'acteurs dans les combats.

Amola 01 comprit le parti qu'il pourrait tirer de ces renseignements.

– Tu ne te trompes pas Doug ! Autrement gare aux représailles sur ta famille !

Doug, surpris, était rentré dans sa coquille et précisa qu'il n'avait plus rien à dire. Il était un scientifique, pas un militaire aussi c'est tout ce qu'il savait.

– Maintenant il ne faut plus me contacter dit-il à Amola 01, sinon vous serez démasqué...

– Comme tu voudras ! lâcha Amola 01, tu ne m'intéresses plus.

Doug partit la tête basse en songeant que tous ces contacts qu'il avait eus avec les uns et les autres, étaient tous pour obtenir des renseignements sur les recherches faites à la Ralanca. Aussi, plus de contacts avec des agents étrangers. "Je vais m'occuper à mettre ma famille en sécurité". Il venait à peine de rentrer chez lui, que le téléphone sonna. Peter Barow était au bout du fil et Doug se mit à trembler de peur.

– Hello Doug ! Je voulais vous prévenir que nous allons mettre des agents du F.B.I. pour assurer votre sécurité et celle de votre famille car nous savons que des Iraniens cherchent à s'approprier le R.S.O. ou des documents. Ne vous inquiétez pas ! mais ouvrez l'œil et n'ayez aucun contact avec des étrangers. Vous êtes iranien de souche ne l'oubliez pas !

Doug raccrocha et poussa un profond soupir de soulagement. Il avait tout compris. Il savait que ses propres recherches étaient terminées. Il décida de demander un congé prolongé et de partir avec sa famille dans le Colorado et la Californie, là-bas ils seraient hors d'atteinte et n'étant plus à la Ralanca, on ne pourrait pas lui demander de voler des plans ou des éléments de R.S.O.

Dès le lendemain Doug discuta de son projet avec Robert Desgranges en lui donnant les détails de son coup de fil avec Peter Barow.

– Robert compris tout de suite, l'embarras et la peur de Doug d'être mêlé à des affaires d'espionnage. Il lui dit qu'il pouvait prendre un congé. Les labos pouvant se passer de ses services.

– Je vous rappellerai en cas de besoin. Vous me laisserez vos coordonnées, à moi seul, vous entendez ! Le personnel ne doit pas savoir où vous êtes ! N'oubliez pas de faire déposer votre courrier chez Ralanca Aircraft. Je vous le réexpédierai moi-même. Bonnes vacances Doug, lui dit-il en lui serrant la main. Merci pour les services que vous nous avez rendus.

* *
*

14

Amola 01 savait maintenant que les recherches avaient été un succès puisque la fabrication de l'engin objet des recherches était lancée en fabrication en série dans la nouvelle usine construite sur les terrains de la Ralanca Aircraft, assez vastes pour recevoir de nouveaux bâtiments qui bénéficieraient de la sécurité mise en place pour l'ensemble de la compagnie. Il faudrait être prudent.

Amola 01 et ses acolytes examinèrent en détail les possibilités d'entrer dans l'usine mais au bout de quelques jours d'investigations, ils se rendirent compte qu'ils ne pourraient pas entrer dans le bâtiment, car curieusement il n'y avait pas d'issues. L'entrée se faisait donc par le réseau souterrain qui seul permettait d'avoir accès aux bâtiments de la Ralanca. Des voitures électriques stationnées devant chaque entrée de bâtiment, puis des ascenseurs, permettaient de circuler rapidement d'un bâtiment à l'autre. Doug avait dévoilé cette particularité, qui n'était d'ailleurs pas un secret défense, ce type de conception existait déjà dans beaucoup de compagnies travaillant pour la Défense et où le Top Secret était de rigueur.

Ils avaient beau se creuser la tête, ils n'arrivaient pas à résoudre leur problème. Seul Doug pouvait leur permettre d'obtenir ces renseignements…

Amola 01 fit une visite rapide à la villa de Doug, mais il fut très surpris car il n'y avait plus personne à la Villa. Il était parti avec sa famille, les voisins lui dirent qu'un garde-meubles était venu déménager la villa après leur départ, mais pour quelle destination ? Personne n'en savait rien.

Amola 01 eut vite compris. Les contacts des Iraniens avec Doug avaient été découverts par la C.I.A. Il fallait être prudent si on ne voulait pas avoir de sérieux ennuis avec les services de sécurité américains. Il rejoignit son équipe afin de les mettre au courant de la situation explosive où ils se trouvaient tous, mais en arrivant il ne trouva personne. Une note bien en vue sur une table précisait que les trois agents étaient partis pour essayer une entrée en force dans les bâtiments de la Ralanca.

– Mais ils sont fous ! s'écria Amola 01 furieux, ils vont se faire arrêter ou massacrer.

Puis se calmant... il décida d'attendre le retour de ses agents. À vingt heures, ils n'étaient pas revenus, aussi il décida de déménager et de changer de domicile.

Le lendemain matin, il apprit par les journaux qu'ils avaient été surpris à l'intérieur du bâtiment central où se trouvaient tous les labos.

Ils avaient tout simplement intercepté une voiture de la blanchisserie, avaient tué les deux ouvriers et prit leurs places et ainsi ils s'étaient introduits dans les locaux de la Ralanca.

Alors qu'ils fouillaient les classeurs, les armoires, les tiroirs, ils avaient déclenché une alarme d'ambiance et quelques minutes après la sécurité était partout à la recherche des éléments qui l'avaient déclenchée.

Les agents du F.B.I. eurent vite fait de bloquer toutes les issues et trouvèrent les trois espions dans les couloirs à la recherche d'une sortie.

Il y eut échange de coups de feu et un agent F.B.I. fut blessé à la jambe. Aussitôt les agents F.B.I. ripostèrent à l'arme de poing automatique et abattirent les trois espions.

Le général Peter Barow alerté donna les ordres en conséquence à tous les services de sécurité du secteur, avec ordre d'arrêter mort ou vif, l'agent iranien Amola 01.

Aussitôt, un groupe se dirigea vers le domicile de Amola 01, mais il avait disparu. Son signalement fut donné à toutes les polices et sheriffs du comté et le soir le F.B.I. avait déjà découvert son nouveau domicile, dans une villa abandonnée où il avait l'intention de séjourner jusqu'à ce que l'affaire se tasse.

Mais voilà ! C'est que le sheriff connaissait le propriétaire de cette villa lequel avant de partir pour un long séjour avait demandé à son ami sheriff de bien surveiller son domicile et lui avait laissé les clefs.

La voiture de police vint stationner devant la villa et le sheriff entra dans la maison, alors que ses deux assistants surveillaient les devants et les arrières. Amola 01 fut pris de court par cette intrusion à laquelle il ne s'attendait pas, il arma son pistolet automatique et sortit par la porte de derrière mais malheureusement pour lui, il tomba nez à nez avec un policeman. Amola 01 ouvrit le feu blessant le policier à l'épaule, mais celui-ci déchargea son P 38 sur Amola 01 qui reçut trois balles dans la région du cœur. C'en était bien fini pour lui et sa mission. Un duel diplomatique allait commencer entre la C.I.A. et les services diplomatiques iraniens.

* *
*

Les journaux annoncèrent l'élimination d'un groupe important des services secrets iraniens qui s'étaient introduits pour voler des documents et matériels ultra secrets concernant la défense de la Nation.

Les Iraniens s'acharnèrent à rejeter la responsabilité de la mort des victimes sur le F.B.I., massacre qui n'avait aucune raison d'être; après tout il s'agissait d'espionnage industriel(...)

Peut-être ! mais le gouvernement iranien oubliait de préciser que les éléments industriels qu'ils désiraient s'approprier, intéressaient la défense des U.S.A., ce qui prouvait qu'il s'agissait précisément d'espionnage militaire, puisqu'ils avaient dû subir la perte de trois agents.

La querelle diplomatique s'arrêta, les médias ayant décidé de ne plus publier d'articles à ce sujet.

D'autre part, les Iraniens connaissaient le but des recherches militaires américaines et cela leur suffisait, car ils n'avaient pas les moyens techniques pour fabriquer un matériel aussi sophistiqué. Ils devaient donc se contenter d'être prudents, car en cas de conflit armé les U.S.A. disposeraient d'une puissance incalculable; comme ce fut le cas pour la bombe atomique à Hiroshima. L'arme défensive absolue avait été créée une deuxième fois. L'Iran et Saddam Hussein avaient déjà perdu la bataille (...)

* *
*

Pendant que se déroulaient ces événements au sein de la Ralanca Aircraft, Nancy Desgranges venait d'appeler Robert au téléphone pour lui annoncer une bien triste nouvelle.

Benjamin Desgranges venait de succomber à une crise cardiaque. Cet honnête homme, hors du commun n'était plus.

Robert, en apprenant cette nouvelle, resta sans voix, les sanglots contractaient sa gorge, il ne pouvait exprimer sa douleur que par des larmes. Nancy, au bout du fil ressentait cette douleur qui s'ajoutait à la sienne et cela lui faisait mal ! très mal !

Pendant quelques minutes, ils restèrent ainsi, terrassés par la douleur, puis Robert reprenant ses esprits consola sa mère... Il lui dit :

– Ma chère maman ! Tu vas prendre bien soin de toi. Je vais faire préparer l'avion et dans quelques heures, nous serons près de toi avec Michaëla, Tom Young et Tom Jr.. Nous avons de graves ennuis ici, je laisserai la direction à Pierre Verneuil et Robert Mazurel. Embrasse bien Larry pour moi, nous arrivons…

– Vanessa est déjà là. Bradley est en route pour Dallas. La famille sera donc réunie ce soir. Je t'embrasse tendrement dit Nancy.

– Moi aussi maman, répondit Robert.

* *
*

C'est ainsi qu'à six heures p.m. les familles Desgranges, Ronson et Young se trouvèrent réunies dans le grand salon. Larry, Dorothée et Nancy commentaient les derniers moments passés avec Benjamin lequel s'était senti très mal au cours d'une conversation, puis sa tête s'était inclinée sur sa poitrine après un long regard ; empli d'une lueur étrange à sa Nancy, avec laquelle il avait passé de merveilleuses années.

Nancy ayant ressenti un choc sous l'anxiété de ce regard, se précipita à ses genoux près du fauteuil et enserrant sa tête dans ses bras, l'avait gardé de longues minutes sur son cœur. Elle avait perdu l'être qu'elle avait aimé, le compagnon de sa vie pendant des années de bonheur partagé. Elle lui avait fermé les yeux d'un doux baiser (...) C'était fini.

Ses enfants et petits-enfants étaient près d'elle. Dorothée à ses genoux ; Vanessa avait sa tête dans ses bras, tandis que Robert lui tenait les mains, le regard rivé sur celui de sa mère. Ces deux êtres qu'un lien d'amour profond unissait dans cette souffrance commune en faisait des êtres d'exception ; ils étaient réunis dans une même douleur qu'ils subissaient dans la perte de l'être le plus cher qu'ils aient eu dans leur existence.

On se rappelle que Benjamin avait demandé à sa famille, dès son arrivée à Dallas, d'ériger un caveau familial. Ce jour-là Benjamin avait pressenti sa mort prochaine et aujourd'hui, les siens, le cœur gros, le conduisaient à sa dernière demeure. Il était le premier à y entrer.

La cérémonie fut très simple et seuls quelques amis des Ronson y assistèrent, puis après beaucoup de recommandations des uns aux autres, chaque famille réintégra son domicile. En particulier Dorothée promit d'être toujours présente au côté de Nancy. De son côté Michaëla fit promettre à Nancy, de venir passer quelques semaines à Akron, aussi souvent qu'elle le désirerait.

* *
*

15

Maintenant il fallait faire les essais du Scorpion R.S.O., dans une grande attaque d'infanterie appuyée par les avions Design 3 D, permettant d'attaquer des points stratégiques sur les flancs et les arrières de l'ennemi. Les Scorpions étaient équipés du R.S.O. stratégique.

Le jour "J" arriva et le commandement du Q.G., ainsi que les ingénieurs et les politiques du Sénat occupèrent le poste fixe réservé aux essais militaires des U.S.A. et situé en bordure du champ de manœuvre à 50 miles pour laisser une plage de sécurité où les médias pourraient accéder sans risque. Les techniciens étaient devant leur console de réception radio-vidéo et sur les écrans on pouvait remarquer toutes les unités en place sur le vaste terrain où allaient s'affronter les engins commandés automatiquement par les cerveaux des R.S.O.

À l'heure "H" le Général Peter Barow donna le signal du début des opérations. Aussitôt les Scorpions attaquèrent en lançant les escadrons à la rencontre de l'ennemi supposé, lequel avait des postes avancés fortifiés sur une largeur de front de 50 miles.

L'infanterie, composée de commandos de choc, suivait le mouvement des scorpions sur des jeeps afin de nettoyer le terrain après les destructions et les assauts répétés de ces tanks miniatures qui avaient pour mission de détruire les postes fixes ennemis aux roquettes de pénétration, en faisant de grands cercles.

L'ennemi supposé possédait aussi des scorpions qui venaient soutenir leurs bastions, mais ils avaient à subir des attaques de front pour stopper leur avance. Dans cette poursuite effrénée, la mêlée devenait indescriptible, car il était difficile de s'y retrouver parmi les explosions. Il y avait intérêt pour les uns et pour les autres de dégager très vite et de s'éloigner du centre des combats. Ceci était décidé par les R.S.O. eux-mêmes qui décidaient de la tactique à suivre.

Dans les airs, les hélicoptères Zeus H 10 d'une grande puissance de feu détruisaient à la grenade à mitraille ce qui restait des postes ennemis, puis fonçaient sur les chars d'assaut Jupiter qui arrivaient à la rescousse.

Une bataille de Titans était engagée entre les unités mobiles, car il fallait assurer la destruction des bâtiments, entrepôts, ravitaillements en munitions, sur toute la périphérie du terrain et les arrières pour couper la retraite de l'ennemi en fuite, s'il y avait lieu.

Au Q.G., c'était l'ébahissement total de voir comment les R.S.O. modifiaient leurs attaques et leurs tactiques en fonction du déroulement des combats. Robert Desgranges, Pierre Verneuil et Robert Mazurel pilotaient un hélicoptère Zeus H 10 et envoyaient au Q.G. toutes les images vidéo et le déroulement des combats par radio. Ils étaient en permanence en liaison avec le Q.G. pour commenter et envoyer les images de ce champ de bataille, où se mélangeaient des débris de toute nature. Le Q.G. pouvait également modifier les ordres des RSO.

L'attaque conjuguée des Scorpions, des Design 3 D et des Zeus H 10 représentaient une puissance de destruction phénoménale qui rasait tout sur son passage.

L'hélicoptère Zeus H 10 avait aussi eu un rôle prépondérant.

C'était l'arme qui donnerait la maîtrise totale au pays qui la détiendrait et il se trouvait que c'était les U.S.A. ainsi personne ne viendrait les attaquer si le Pentagone montrait quelques résultats au monde entier.

C'est ainsi que le Général proposa au Président d'en faire une publicité nuancée pour informer le monde de la puissance de ces nouveaux armements. Le lâcher de la bombe atomique sur les villes du Japon avait démontré qu'un ennemi trop belliqueux peut être immédiatement arrêté dans son expansion territoriale.

Les essais du R.S.O. et du Scorpion s'étaient terminés avec succès et le Design 3 D avait très nettement appuyé les manœuvres militaires. Il ne restait plus qu'à poursuivre les essais du 3 D en zone arctique. Il fallait y associer le Canada qui était le premier intéressé par ce nouvel avion qui leur rendrait des services immenses dans le futur.

L'amiral Grestone et Thomas Young furent désignés pour prendre contact avec le Gouvernement Canadien. Ils se munirent de toute la documentation nécessaire y compris photos et vidéos et une conférence eut lieu à Toronto avec le ministre de l'Aviation et celui du Territoire. Ils reçurent un accueil chaleureux car ils avaient fait aux Canadiens la surprise de venir avec un Design 3 D équipé pour les vols du 60e au 85e parallèle, zones désertiques du Pôle Nord.

Après la conférence et la visite en détail du 3 D que Robert Mazurel avait piloté et expliqué le pilotage particulier de cet avion “amphibie et tout terrain” équipé de nouvelles centrales à inertie commandées par le R.S.O. dans lequel on avait programmé le plan de vol et le retour, ce qui permettrait au 3 D d'effectuer le vol programmé avec retour au terrain d'atterrissage en pilotage automatique.

En outre deux amerrissages sur deux lacs avaient été prévus et un atterrissage sur un espace terrestre court et enneigé. Le 3 D spécial Pôle Nord et Sud était équipé de deux turbopropulseurs et d'un petit réacteur à l'arrière dans le fuselage pour permettre de rentrer à la base ou de sortir rapidement d'une turbulence dangereuse à une vitesse de 0,8 Mach, alors que cet avion pouvait voler à des vitesses de 150 km/h, atterrir ou amerrir sur très courte distance.

Le décollage pouvait être exécuté à 60 degrés avec l'appoint du réacteur arrière.

C'était réellement l'avion à tout faire et les Canadiens ne cachèrent pas leur satisfaction pendant que se déroulaient les différentes phases programmées de l'essai.

Ils attachèrent une importance enthousiaste au R.S.O. qui permettait de rentrer à la base si le pilote était empêché physiquement de le faire dans le cas de blessures ou de maladie.

Nous conclurons en disant qu'au retour il y eut des félicitations chaleureuses et le département du territoire voulut signer une première commande de dix appareils. Dix pilotes déjà expérimentés dans les vols polaires, furent désignés pour rentrer avec les Américains afin de commencer à suivre les cours de pilotage et de maintenance d'un tel avion.

À leur arrivée le Général Peter Barow les accueillit et leur offrit une très cordiale réception. Puis un officier les conduisit à leur cottage. Dix autres pilotes canadiens arriveraient la semaine prochaine à la base de Denver et Robert Mazurel, ancien pilote de chasse réputé avait été désigné pour leur présenter le R.S.O. qui équipait les avions de chasse F-15 et les Furtifs B-2. Il passerait un mois avec les Canadiens qui resteraient en stage au Centre Aéronautique de Denver où sont entraînés les futurs pilotes de chasse U.S. et d'hélicoptères Zeus H 10.

Après tous ces tests, essais, combats, chacun avait regagné son poste et Robert Desgranges, Pierre Mazurel et Thomas Young se promettaient de prendre quelque repos maintenant que la fabrication du R.S.O. était lancée en série.

Tom proposa à Robert de prendre l'avion et de filer à

Dallas avec Michaëla pour passer une semaine au ranch auprès des Ronson. Le grand air leur serait salutaire. Dorothée leur donnerait des concerts privés. Ils feraient du cheval et le vieux Tom comptait bien passer de longs moments avec Nancy dont il appréciait la gentillesse et la culture. Benjamin l'avait quitté et elle se consolait mal de la perte de son époux.

Michaëla et Dorothée s'occuperaient également de Nancy qui était bien seule, maintenant que les petits-enfants étaient partis à Paris pour trois années. Elle se demandait souvent si elle tiendrait mentalement jusque-là et elle était effrayée de songer qu'elle ne les reverrait peut-être pas avant leur retour. Aussi avait-elle apprécié lorsque Tom lui avait proposé de passer de longs moments avec elle. Vraiment, son fils Robert était entré dans une famille exceptionnelle.

L'avion de la Ralanca était arrivé et tout ce petit monde avait débarqué dans la joie et les "Hello" fusaient de tous côtés.

L'hélicoptère était prêt à décoller. Dorothée et Nancy étaient déjà au Ranch depuis la veille. Larry donna le signal d'embarquement et deux heures après ils atterrissaient sur la plate-forme du Ranch Ronson. Ce fut la joie de se retrouver et tout le monde passa au salon où les papotages allèrent bon train jusqu'au dîner. Sur le barbecue un agneau entier rôtissait au-dessus d'un tas de braises rougeoyantes. Les cow-boys et les servantes s'occupaient de la préparation de la nourriture. Le son des guitares et les chants des cow-boys montèrent dans la nuit.

Ces dîners autour d'un barbecue dans la pénombre de la nuit qui vous entoure d'un mystère voilé de lueurs étranges et de bruissements sont toujours des moments de délassement merveilleux dont on garde longtemps le souvenir.

C'est dans cette atmosphère que nos amis dévoraient à pleines dents les côtelettes et les tranches de gigot. Chacun racontait son histoire ou accompagnait le refrain populaire d'une chanson du Texas que chantaient les cow-boys.

Après huit jours de détente, il fallait songer au retour à Akron et le lendemain ils se retrouvèrent au travail avec des forces nouvelles et l'esprit purifié par l'oxygène des plaines herbeuses. Chacun songeait qu'il serait judicieux de renouveler cette semaine de détente. On en reparlerait dans trois mois avait suggéré Tom à Robert.

Pourquoi pas ? avait-il répondu. Nous serons moins occupés par les recherches urgentes.

* *
*

L'officier de service vint frapper à la porte du Général Barow. À l'invitation d'entrer il annonça Boris Dravsky. "Ce monsieur désire vous voir." Peter, à l'annonce de ce nom, ouvrit la bouche et ne put prononcer une parole, mais il fit le geste qui demandait à l'officier de le faire entrer.

Boris tout souriant se précipitait la main tendue vers le Général en lui disant :

– Je vois que vous étiez à cent lieues de me voir aujourd'hui Général !

Peter lui coupa la parole.

– Effectivement vous êtes le dernier homme que je m'attendais à rencontrer ! Mais ! que diable venez-vous faire ici ? Vous voulez que je vous donne les secrets que vous n'avez pas pu obtenir !

– Non ! Non ! dit Boris. Vous savez très bien que je n'ai livré aux Iraniens qu'une partie des renseignements que j'avais glanés. Quant aux éléments les plus importants, je les garde pour mon compte. Entre nous soit dit, Général, les recherches de la Ralanca qui ont abouti sont un grand succès pour vos services et pour la stratégie des armées des U.S.A..

Le Général remercia Boris et lui dit qu'il avait été mis au courant de sa présence et qu'il l'avait laissé faire le travail qu'il devait livrer aux Iraniens.

– Je suppose que vous avez fait le choix de ce que vous vouliez leur transmettre et vous avez réussi, Boris, puisque Amola 01 s'est attribué ces renseignements, mais il n'avait pas votre entregent pour réussir et cela lui a coûté la vie.

– En effet répliqua Boris, Amola était un vaniteux sans envergure, je l'ai mené par le bout du nez…

– Dites-moi Boris, vous êtes devant moi et c'est une surprise ! Dites-moi ce que vous voulez ?

– Entrer dans vos services ! J'en ai assez de traîner, seul, à la recherche de travail qui ne sera jamais à la hauteur de mon expérience… tandis qu'avec vous, je sais que je peux vous être très utile. Est-ce que ma proposition vous intéresse ?

– Oui, elle m'intéresse au premier chef parce que je vous aurai sous la main et je n'aurai plus à chercher ce que vous manigancez. C'est entendu ! Voici l'adresse et les clefs d'un bungalow, ce sera votre résidence, entièrement équipée d'électronique sophistiquée. Votre nom de code sera "Volga". Merci de la confiance que vous me témoignez, vous ne serez pas déçu par mon travail. Je sais aussi que vous êtes au courant que j'utilisais deux amis anciens techniciens du K.G.B., il s'agit de Youri Datchine et de Emile Lichine qui parle iranien. Il a vécu en Iran cinq années, il peut s'infiltrer dans tous les services iraniens.

Peter lui répondit qu'il portait un grand intérêt à ces deux agents qu'il connaissait de réputation, il avait leur fiche détaillée dans ses archives et puis avec vous comme chef, vous comprenez que votre équipe aura une grande valeur pour moi. Mais sachez Boris que je ne vais pas vous utiliser dans des actions directes d'espionnage car tous les services secrets vous connaissent, mais plutôt comme équipe de sécurité rapprochée. À vous de vous débrouiller pour fouiller partout ici et dans les pays que nous avons pour ennemis pour prévenir les infiltrations aux U.S.A..

– Je crois que ceci me convient très bien mon Général, à partir d'aujourd'hui je vous reconnais comme mon chef direct et ne recevrai d'ordres que de vous-même.

Ils se quittèrent satisfaits tous les deux et Boris alla prendre possession de son bungalow. Quand il inspecta les pièces il constata que les équipements étaient sophistiqués. La surveillance de la villa était aisée, construite sur un petit promontoire et dégagée de toute promiscuité. Il s'empressa de joindre ses deux amis et les convoqua pour 18 heures précises, ils coucheraient ici. Ainsi on aurait tout le temps de discuter et de mettre un programme sur pied.

À dix-huit heures précises Youri Datchine et Emile Lichine sonnèrent à la villa. La porte s'ouvrit immédiatement car Boris les attendait dans l'entrée. Après un bref salut, ils s'installèrent tous les trois dans le salon et immédiatement Youri demanda :

– Alors qu'as-tu de si important à nous dire ?

– Je sors de chez le Général Barow.

– Comment tu dis ?

– Oui ! vous avez bien entendu. J'ai eu l'idée de lui faire une visiste et je lui ai carrément demandé de nous prendre dans son service.

– Ça alors ! dit Emile ! et comme ça il t'a fait confiance !

– Oui Emile, car nous nous connaissons tous les deux, depuis de nombreuses années. N'oubliez pas que j'occupais le même poste au K.G.B. que lui aux U.S.A.. Chacun avait une fiche détaillée de l'autre. Voilà pourquoi il a accepté ma demande et vous êtes ici dans le bungalow qui sera le nôtre. Il y a trois chambres et suffisamment de place pour nous tous…

– Mais qu'allons-nous faire ? intervint Youri.

– De la sécurité préventive. Ce sera à nous de fouiller partout ici et à l'étranger pour court-circuiter les services secrets qui lancent des "avis de recherche" sur des points stratégiques militaires ou industriels. Ce travail nous permettra d'être indépendants et nous libérera des contraintes d'agir directement sur les activités d'espionnage.

Toi Lichine, tu partiras pour l'Iran, et tu essaieras de savoir s'il y a des activités d'espionnage à l'ordre du jour. Tu devras t'inquiéter de tout le Moyen-Orient. Tu peux prendre les Émirats comme base de stationnement. Dès que tu seras installé tu m'enverras ton adresse.

Quant à toi, Youri, tu t'occuperas de tous les pays européens qui étaient de l'autre côté du Rideau de Fer. Je te conseille d'avoir trois résidences, une à Copenhague, une à Genève et une en Roumanie ou Bulgarie.

Lorsque l'un de vous aura appris qu'une action se prépare aux U.S.A., je prendrai le relais pour vérification et le suivi du renseignement s'il existe réellement. J'alerterai alors le Général qui prendra toutes dispositions pour suivre cette affaire. Le F.B.I. et la C.I.A. se mettront en action.

Tous les trois avaient le sourire et se frottant les mains ils trinquèrent avec un verre de Jack Daniel pour sceller ce nouvel engagement.

– Merci Boris, dit Youri, c'est une excellente opération, elle nous laisse neutres dans notre action.

– Exactement ! confirmèrent Boris et Emile.

* *
*

À la Ralanca les commandes affluaient et atteignaient déjà un volume important. Pour les suivre Robert avait confié la surveillance de l'exploitation de l'avion 3 D à Robert Mazurel. Pierre Verneuil s'occuperait de la production du Scorpion, car c'est cet engin qui avait reçu le plus de micro-ordinateurs, spécialité de Pierre.

Robert s'était réservé la fabrication du R.S.O. Dans les trois branches la production avait déjà atteint son rythme de croisière, sans incidents.

De son côté Peter Barow avait fait réaliser une plaquette publicitaire pour informer les nations étrangères des progrès fait dans les armements par les Américains. Il ne donnait aucun détail technique, mais cette puissance de destruction pouvait être utilisée dans n'importe quel lieu de la planète.

– Quelques photos illustraient ce commentaire.

Peter fit une conférence de presse, remis des documentations aux journalistes et leur demanda de les diffuser.

– Vous réclamez toujours du sensationnel, cette fois, je crois que vous êtes servi...

Un journaliste lui demanda :

– Mais pourquoi livrer au monde tous vos secrets militaires ?

– Justement ! pour que ce ne soit plus un secret et que le monde sache quels monstres de destruction représentent ces nouveaux armements et je doute qu'une nation désire recevoir une telle riposte. Nous verrons bien Messieurs, ce que cela donnera, mais les U.S.A., eux, n'ont plus à s'inquiéter d'une attaque éventuelle de leur territoire.

La conférence était terminée.

* *
*

MORT DE THOMAS YOUNG

Quelques semaines plus tard, alors que le travail avait repris et que les industries de la Ralanca produisaient normalement tous les produits provenant des recherches, le téléphone sonna et Robert reçut le message de Michaëla le priant de rentrer à la maison. Elle ne dit rien de l'état dans lequel se trouvait son père, pour ne pas alerter le personnel.

Robert avait reçu le message alors qu'il se trouvait dans le laboratoire de physique avec Pierre Verneuil. Il dit à Pierre :

– Viens avec moi, je crains le pire pour Tom, car hier il a eu plusieurs alertes cardiaques et le Docteur n'avait laissé guère d'espoir. Cet homme a travaillé avec acharnement toute sa vie. Il est au bout du rouleau, usé, il n'a plus de résistance et il va s'éteindre tout doucement.

Robert et Pierre arrivèrent très vite et trouvèrent Tom mourant. Il eut un faible sourire en les voyant, puis prit la main de Robert et celle de Michaëla dont le visage était couvert de larmes. Il murmura :

– Merci de prendre soin de Michaëla et de Tom Jr.. Prends soin de l'empire industriel que j'ai créé. Perpétue le nom des Young et des Desgranges.

Puis sa tête retomba en arrière sur l'oreiller. Thomas Young, le talentueux ingénieur en aéronautique américain était mort.

Aussitôt la nouvelle connue par la conférence de presse que tint Robert, la presse fit l'éloge de cet industriel qui avait rendu tant de services à son pays. Quelques officiels conduits par Peter Barow vinrent présenter leurs condoléances à Michaëla, à Robert et à Tom Jr. ainsi qu'aux familles Desgranges et Ronson, tous réunis dans le chagrin.

Quarante-huit heures après eut lieu l'enterrement. Le convoi était suivi par beaucoup de personnages officiels et privés.

Après un vibrant hommage rendu par Peter Barow, le cercueil descendit dans le caveau de famille prendre sa place à côté de celui de son père et à côté de celui de sa chère Mercédès, trop tôt disparue, mais qu'à cet instant il rejoignait pour l'éternité.

* *
*

Robert confia la direction de la Ralanca à Pierre Verneuil et à l'Américain Doug Stone. Robert Mazurel s'occuperait de la fabrication des avions Design' 3 D dont il était le spécialiste.

En effet, Robert devait se libérer pendant deux semaines afin de régler la succession du patriarche. Il y avait un gros travail pour fournir à l'Avocat le détail et les extensions de l'empire Young, travail qui lui demanda trois semaines.

Le testament était déjà en possession de l'avocat qui en avait étudié tous les chapitres. Il n'y avait plus qu'à mettre des chiffres en face de chaque élément particulier, puis l'avocat convoqua Robert, Michaëla et Tom Jr. qui était resté à Akron pour attendre l'ouverture du testament. Il avait d'ailleurs aidé Robert dans sa tâche.

Il n'y avait pas d'autres héritiers, Carol Dorothée Desgranges était à côté de sa mère. Elle avait triste mine et semblait absente, tant elle avait été choquée par la disparition de ce grand-père qu'elle adorait et qui avait pour elle une affection débordante.

L'avocat commença la lecture du testament qui dura trois heures.

L'empire industriel revint à Michaëla, puis à la mort de celle-ci, il serait partagé entre Robert, pour moitié, 1/4 à Carol et 1/4 à Tom Jr. qui recevrait la majorité des actions lorsque Robert se retirerait de la Compagnie pour prendre sa retraite. La totalité de l'empire restait donc dans le giron de la famille Young Desgranges. Michaëla nomma aussitôt Robert comme Président de la Ralanca.

La part de Carol était importante et Robert lui avait dit qu'il espérait qu'elle épouserait un ingénieur qui pourrait alors avoir une importante fonction dans l'entreprise familiale. Elle avait dit en souriant qu'elle essaierait de faire ce choix, mais que de toute façon elle ne vendrait jamais ses actions à un étranger à moins que le conseil d'administration le désire pour renforcer les finances de la compagnie.

Carol avait aussi hérité de la propriété de sa mère qui se trouvait dans le Michigan non loin de Kalamagoo. Cette propriété comprenait une superbe villa de dix chambres et un fermage de cinq cents hectares de terre en prairie et cultivable. Tout cet ensemble était d'un grand rapport financier, car des lotissements avaient été vendus à des particuliers triés sur le volet et les terres étaient exploitées par un fermier.

Carol avait bien l'intention, dès qu'elle aurait atteint l'âge de dix-huit ans, de vivre huit mois par an dans cette propriété, même une fois mariée. Son père désirait qu'elle épouse un ingénieur qui travaillerait à la Ralanca mais elle pouvait épouser n'importe quel jeune homme. De toute façon elle tiendrait parole, elle ne vendrait jamais les actions de la Ralanca.

Donc la succession n'avait pas été un problème. Tom Jr. et Robert avait examiné ensemble quelles seraient les spécialités que Tom Jr. devrait étudier en priorité à Paris où il retournait dès le lendemain. Il aurait des stages à faire chez Dassault, Snecma, Toulouse etc.

Bradley et Vanessa étaient retournés à Paris dès le lendemain après l'enterrement.

Robert avait quitté Tom Jr. en lui disant qu'il avait l'intention d'aller à Paris sous peu avec Michaëla et Dorothée. Tom explosa de joie en apprenant cette nouvelle.

16

Trois mois venaient de s'écouler. Les fabrications atteignaient le rendement de série fixé par le Pentagone et les commandes privées n'étaient pas négligeables.

Depuis la conférence de presse où le monde avait été mis au courant des nouveautés Ralanca en matière d'armement, aucune puissance étrangère cherchait à voler les secrets de fabrication. À quoi bon ! Les U.S.A. étaient en avance de dix années en technologie de pointe concernant les armements de destruction massive.

Robert désirait prendre un peu de repos et à cet effet avait confié - comme nous l'avons déjà précisé - la direction des trois usines de fabrication à Doug Stone, Pierre Verneuil et Robert Mazurel. Il était maintenant président et majoritaire à plus des deux tiers donc la mainmise totale sur l'empire Young et il avait l'intention de faire un long voyage pour prendre contact avec les industries aéronautiques européennes. Son point d'attache serait l'Avenue de Villiers où il pourrait disposer du bureau de Benjamin. Il logerait dans une suite du Royal Manceau, pour ne pas déranger les enfants. Michaëla pourrait établir un programme avec Vanessa Ronson.

– Mais pourquoi ne pas demander aux Ronson de venir avec lui et pourquoi pas emmener Nancy, ce serait sans doute pour elle son dernier voyage. Tout ce monde occuperait plusieurs suites à l'hôtel et on réserverait l'Avenue de Villiers pour les réunions familiales et les dîners en commun. Pétrus assurerait la prestation des repas.

Il exposa son plan à Michaëla qui en fut enchantée, elle allait retrouver son Tom Desgranges, Young Jr., Carol resterait au collège, cela ne changerait rien pour elle car elle était en internat.

Puis Robert appela Larry pour lui proposer ce projet. Celui-ci accepta immédiatement car il voulait voir comment étaient installés Vanessa et Bradley, il avait déjà songé à faire ce voyage à Paris. Quant à Dorothée et Nancy, elles furent enchantées de ce programme, car elles avaient divers projets en tête pour occuper leurs journées.

Robert téléphona aux jeunes gens Avenue de Villiers et l'annonce du voyage fit l'effet d'une bombe, ils étaient tous enchantés. Il leur demanda de retenir trois suites au Royal Monceau.

– Vous nous attendrez à l'hôtel, inutile de venir nous chercher à Roissy, nous prendrons trois taxis.

– J'ai choisi l'hôtel, pour notre séjour, car Avenue de Villiers nous n'avons pas le personnel pour assurer toutes les tâches ménagères. Les dîners nous seront livrés par Pétrus, ainsi nous pourrons nous réunir en famille tous les soirs.

Tout venait d'être mis en place pour ce séjour "historique" et dans trois jours ils atterriraient à Roissy. Pierre Verneuil avait réservé les passages sur le Concorde, ce qui fait que les 1res classes seraient pratiquement occupées par les Desgranges-Young-Ronson. Sabrina Verneuil était aussi du voyage.

* *
*

Les taxis venaient de se ranger devant l'accès au Royal Monceau et déversaient leurs passagers devant l'entrée, les grooms s'occupant des bagages.

Les embrassades n'en finissaient plus, car les enfants étaient là pour accueillir leur famille, avec une joie débordante qui faisait sourire les gens qui assistaient à ces effusions tellement elles étaient exubérantes et sincères.

Le portier s'était avancé pour saluer les arrivants qu'il connaissait, en particulier Nancy et Dorothée. Il remit les clefs aux grooms et l'escouade prit l'ascenseur et les trois suites furent rapidement occupées, les enfants couraient de l'une à l'autre, mais Vanessa était déjà installée sur le divan au côté de Nancy qui était aux anges de serrer sa petite-fille sur son cœur, la couvrant de baisers.

– Je reste avec toi, grand-mère, lui dit-elle.

– Oui, mon cœur, nous allons passer d'agréables moments ensemble pendant ce séjour.

Quant aux garçons, Tom Jr. discutait avec Michaëla et Robert. Bradley avait accaparé Larry et Dorothée. Cette dernière sortit pour aller retrouver Vanessa et Nancy, laissant les hommes raconter leurs histoires d'hommes. Il ne manquait que Carol pour que les familles fussent au complet.

Michaëla se souciait avant tout de sa fille et elle était déjà au téléphone pour lui raconter leur arrivée à Paris, lui donner adresse et numéro de téléphone et les heures d'appel les plus favorables à l'hôtel et Avenue de Villiers.

– Je suis très heureuse de t'entendre, maman, et de savoir que vous êtes tous arrivés à bon port, passez d'agréables journées. Quant à moi, je serai avec vous par la pensée.

Elle avait raccroché et Michaëla se sentit un peu frustrée de se trouver coupée de la chair de sa chair par un simple geste. Elle regarda l'écouteur, pour sentir encore un peu la présence de sa fille, puis déposa lentement le combiné sur l'appareil.

Il fut décidé qu'ils iraient dîner à la Lorraine, place des Ternes, c'était tout proche. Ils désiraient se coucher de bonne heure étant donné la fatigue du voyage et du décalage horaire. Nancy se ferait monter un souper léger à l'appartement.

Après le repas ils se séparèrent. Le rendez-vous du lendemain avait été prévu au déjeuner chez Pétrus, puis l'après-midi serait réservé aux jeunes gens qui donneraient un aspect précis de leurs études. En particulier Dorothée dit à Vanessa qu'elle l'accompagnerait au conservatoire, elle prendrait ainsi un bain de jeunesse.

Tom Jr. dit à Robert :

– Je t'emmène demain à l'École, j'ai un amphi à dix heures, tu en profiteras pour réviser tes maths.

– D'accord, acquiesça Robert en riant.

Bradley pour ne pas être en reste dit à Larry.

– Eh bien ! mon cher Dad, il ne te reste plus qu'à me suivre à Science Po puisque les clans sont déjà formés.

Ainsi se passa les trois semaines de l'escapade parisienne avec une visite de trois jours à la Villa du Golfe. Les Parents exultaient, leurs progénitures étaient déjà des hommes pleins de bon sens, intelligents et soucieux de leur avenir.

Robert eut un franc succès, le prof lui demanda de faire un cours de marketing et d'économie internationale dans le domaine aéronautique.

Au Conservatoire Dorothée fut priée d'interpréter une œuvre de Chopin à la classe de piano puis Vanessa l'entraîna à la classe de chant ou elle interpréta l'air de *Madame Butterfly*. Dorothée put ainsi juger des immenses progrès réalisés par sa fille, sa voix était transformée, elle était puissante, "bien placée" et dans l'exécution de ce grand air, jaillissait toute la douleur de Butterfly qui se mourait d'amour pour son officier. Dorothée ne put retenir quelques larmes.

Le Directeur les reçut dans son bureau pour la remercier d'avoir fait ce pèlerinage dans son ancienne école et assura à

Vanessa une très grande carrière de chanteuse d'Opéra. "Nous nous en occuperons nous-mêmes", avait-il précisé ! ...

La mère et la fille étaient rentrées Avenue de Villiers enchantées de leur journée.

Le dîner préparé et livré par Pétrus réunit les familles au complet et chacun put faire un exposé détaillé de sa journée.

* *
*

Ce long séjour terminé, le retour se fit avec quelque amertume, nos voyageurs auraient volontiers prolongé cette escapade Parisienne. Ils embarquèrent sur le même vol Concorde jusqu'à New-York puis se séparèrent pour rejoindre Akron et Dallas pour les Ronson. Nancy avait très bien supporté ce séjour. Il faut dire aussi qu'elle avait été choyée. Elle dit à Dorothée quel plaisir elle avait eu de passer ces semaines avec toute la famille Desgranges-Ronson-Young :

– Maintenant ma chère Dorothée, je peux mourir en paix.

Elle ne savait si bien dire, car deux mois plus tard, elle rejoignait son cher Benjamin dans le caveau familial. Les petits-enfants avaient fait le voyage pour accompagner leur grand-mère Nancy à sa dernière demeure. Une grande page venait d'être tournée dans la vie de cette famille Desgranges-Mc Neal. Les enfants et petits-enfants représentaient une souche particulièrement solide et d'un héritage intellectuel hors du commun.

* *
*

17

Cinq années avaient passé et les familles Ronson et Young-Desgranges étaient au complet sur le territoire américain.

Bradley venait de sortir de Yale où il avait passé un Doctorat d'économie politique et après une campagne électorale sauvage il avait été élu Sénateur Républicain du Texas.

Vanessa avait choisi de faire des tournées de chant où en première partie elle chanterait des mélodies de Fauré, Chausson, Haydn. Elle chantait en italien, russe, espagnol. En deuxième partie, elle donnerait la Norma, car elle avait une voix de Soprano Grand Lyrique qui lui permettait d'égaler la voix de la Callas. Elle voulait faire cinq années de tournées pour que sa voix atteigne la perfection avant de monter sur les scènes des Opéras européens et américains.

Quant à Tom Desgranges Jr. son père Robert Desgranges – Président à part entière des Industries Aéronautiques Ralanca – lui avait donné le poste de Vice-Président avec l'exécutif de la recherche aéronautique et il supervisait la bonne marche des fabrications des avions et des R.S.O. Ainsi, son père aurait beaucoup plus de temps à consacrer à Michaëla et à Carol, lesquelles en seraient enchantées. Aussi, il attendit que Carol rentre à la maison – Elle avait obtenu son Bac et un Certificat de lettres – pour l'entretenir d'un projet qui lui trottait dans la tête depuis six mois.

De même Robert songeait qu'avec Dorothée, ils étaient maintenant les seuls représentants directs de la lignée des Desgranges-Mc Neal depuis le décès de Nancy. Ils avaient été élevés à Paris, mais quoique domiciliés aux États-Unis, ils étaient restés fidèles dans leur cœur à la France et à l'Écosse et ils aimaient revenir aux sources de leurs origines. Dès que l'un ou l'autre arrivait Avenue de Villiers, lors de courts séjours, il se précipitait au dernier étage du studio et là, haletant, regardant cette immense pièce où trônaient toujours le grand piano de concert et les deux bureaux, celui de Dorothée et celui de Robert, ainsi qu'une bibliothèque basse, où dormaient, dans un léger voile de poussière, les livres savants et les romans de leurs auteurs préférés. Il était sans parole, ses yeux parcourant tous les recoins de cette pièce immense et les souvenirs de leur jeunesse s'imprimaient au fur et à mesure dans son cerveau. Puis l'émotion passée, il allait caresser le piano avant de l'ouvrir et lentement il s'asseyait sur le tabouret, relevait le couvercle et ses mains venaient caresser les touches d'ivoire.

L'un et l'autre agissaient exactement de la même façon. Les dix doigts plaquant un accord retentissant, et immédiatement les notes délicates d'une valse de chopin montaient jusqu'au plafond et envahissaient le studio, d'une harmonie sans pareil.

* *
*

Dès le retour de Carol, il lui demanda de rejoindre sa mère au salon car il voulait les entretenir d'une grande décision qu'il avait prise.

– Voilà de quoi il s'agit, mes chéries ! Carol vient de terminer ses études aux États-Unis, et elle désire se destiner aux Lettres. Elle possède tous les rudiments de la littérature américaine, mais elle ignore tout de l'immense culture européenne d'où sont natifs les plus grands écrivains des siècles passés. Donc ma chère Carol, j'aimerais que tu prépares le concours d'entrée à l'École Normale Supérieure, ce qui te permettrait également d'assister à des cours au Collège de France et de la Sorbonne. Tu vivrais Avenue de Villiers et nous serions aussi près de toi, très souvent, pendant des séjours assez longs. Je désire revivre un peu dans l'atmosphère de la douce France, retrouver mes racines de jeunesse studieuse et profiter, des musées, des cabarets, que je n'ai pas pratiqués, étant étudiant.

Maintenant nous sommes libérés de toutes contraintes. Nous avons encore beaucoup de choses à voir à Paris et nous aurons certainement à notre âge un tout autre regard pour les apprécier, puis notre fille ne sera pas seule et les week-ends, nous l'aurons bien à nous. Qu'en penses-tu Carol ?

– Mon cher papa, tu as eu une idée merveilleuse de prendre cette décision, je ne suis pas contre, car elle me satisfait à tout point de vue, et je dois dire que je n'aurais jamais osé de te demander une telle faveur. Cela prouve combien vous m'aimez et que vous êtes soucieux de ma petite personne…

– Tu es la seule fille que nous ayons, coupa Michaëla. Tu représentes beaucoup pour nous et moi, je ne peux que m'associer à la merveilleuse idée qu'a eu ton père, qui lui aussi, va pouvoir prendre du recul et se changer les idées. Maintenant je vais aller au salon jouer du piano pour me changer les idées.

Mais il se sentait fébrile et il n'arrivait pas à se délier les doigts.

Dépité, il avait refermé le couvercle du piano. Son esprit était ailleurs et il se remémorait les contacts qu'il avait pris lors du dernier grand séjour. Il avait toujours présent à l'esprit le désir de se lancer dans une fabrication européenne de micro-ordinateurs type R.S.O. pour équiper les fusées du Centre Spatial Européen qui venait d'être créé. Il avait le choix, ou il vendrait la licence d'exploitation ou il construirait une usine pour développer la Compagnie Ralanca en Europe, le midi lui semblait une bonne région où la recherche existait déjà dans d'autres domaines. Il pourrait peaufiner les études des R.S.O. spéciaux dans les laboratoires de la Ralanca à Akron, Doug Stone lui assurerait le contrôle des essais. Oui ! c'était bien là la solution et il allait profiter de son séjour à Paris pour jeter les bases de cette filiale de la Ralanca. Tom Jr. pourrait assurer une liaison entre Akron et Paris pour régler les problèmes majeurs avec son père et Pierre Verneuil.

Il en était là de ses réflexions, lorsque Carol l'interpella :

– Alors ! tu rêves papa. Nous ne t'entendions plus jouer et nous étions inquiètes. Allez ! viens dîner.

– J'arrive ! s'écria-t-il. J'étais en train de faire un rêve qui pourrait bien se réaliser très vite.

– Eh bien ! tant mieux dit Michaëla. Tu nous raconteras tout ça au restaurant ! Après tout, nous avons l'avenir devant nous…

Ils se retrouvèrent attablés dans un restaurant de Cleveland, dégustant huîtres et homards car Robert avait vraiment besoin de se changer les idées.

* *
*

Dès le lendemain de leur arrivée à Paris, il mit son projet à exécution et il commença par une visite au Ministre de l'industrie pour l'informer de ses intentions.

Il avait téléphoné à son secrétariat et le Ministre avait fixé le rendez-vous à quinze heures. Il avait été un peu surpris à l'énoncé du nom de Robert Desgranges lequel était connu dans tous les milieux aéronautiques et se frottant les mains, il songeait en substance que cet entretien allait être fructueux. Je vais demander au Chef d'État-Major des Forces Aériennes et à mon Conseiller des Industries Aéoronautiques d'être présents à cet entretien.

À quinze heures précises, Robert se faisait annoncer et le portier qui avait reçu des ordres, le fit entrer de suite dans le bureau du Ministre.

Robert marqua un temps d'arrêt en voyant les deux personnages, puis un sourire complice éclaira son visage et il salua d'abord Edmond Rossignol qu'il connaissait pour l'avoir rencontré dans des conférences et à l'Aérospatiale de Toulouse, de plus c'était l'homme qu'il lui fallait. Il salua le Ministre qui lui dit être très heureux de recevoir un chef d'industrie aussi important, puis il lui présenta le Chef d'État-Major qui précisa à Robert :

– Nous avons fait le même parcours X et Toulouse et je suis honoré de saluer un ancien, car pour nous vous restez toujours d'origine française.

– Exact ! répondit Robert en riant de bon cœur, et l'objet de cette visite est pour vous informer que je désire installer sur la Côte d'Azur une usine Franco-Américaine pour vendre nos produits à l'Aérospatiale et à l'O.T.A.N.

– Eh bien! Nous voilà dans le vif du sujet, s'écria le Ministre. J'en suis personnellement enchanté et vous trouverez auprès de nous tout l'appui nécessaire pour mener à bien ce projet. Voulez-vous nous exposer en détail, le but de cette création ici, chez nous. Nous savons aussi que votre fils a complété ses études chez nous, aussi, nous vous considérons avant tout comme des industriels français.

Robert prit la parole et débuta son exposé par un historique des créations et exploitations de la Ralanca et en particulier le R.S.O., le Scorpion et le Design 3 D, avion qui peut se permettre de voler, d'atterrir, d'amerrir dans n'importe quelle contrée du monde.

– Cet avion pourrait vous rendre service dans les contrées africaines pour remplir vos missions humanitaires et en Océanie, mais je précise tout de suite que vous devrez les commander à Ralanca, ils vous seront livrés tout équipés et dans ces transactions vous aurez à traiter directement avec moi-même. Pierre Verneuil se chargera de vous apprendre à vous en servir et j'aimerais pour cela que vous détachiez chez nous en France notre ami Edmond Rossignol qui a toutes les compétences requises pour ce poste.

Le Ministre intervint pour préciser qu'il était d'accord pour ce transfert.

– De plus M. le Ministre, coupa Robert, dans ce cas, vous pourriez signer ce transfert dès aujourd'hui car je désire qu'Edmond contrôle l'installation de l'usine et qu'il soit l'agent de liaison entre votre ministère et la Ralanca Azuréenne S.A.

– Si ce poste vous agrée, dit le Ministre à Edmond, je suis d'accord avec la proposition de M. Desgranges, vous discuterez de vos émoluments avec lui et je parapherai votre contrat qui sera ainsi rendu officiel.

Robert Desgranges poursuivit :

– Ceci étant réglé, nous allons définir ce que la Ralanca française fabriquera.

Passons au Scorpion, vos usines d'armement ont besoin de beaucoup d'heures de travail et vous pourrez mettre à l'étude un Scorpion typiquement français, nous vous livrerons les R.S.O. spéciaux qui devront les équiper. Je vous délèguerai Pierre Verneuil, spécialiste des micro-ordinateurs. Il pourra aussi former vos ingénieurs de l'Armement qui feront un stage d'un an aux U.S.A., délai suffisant pour que le Scorpion n'ait plus de secret pour eux, y compris le R.S.O. qui l'équipe. Nous en reparlerons.

Robert poursuivit :

– Venons-en au plus important, le R.S.O. Celui-ci se compose de trois parties essentielles, mais la pièce maîtresse réside dans le cœur de l'ordinateur et c'est cet élément qui doit rester totalement secret. Pour le fabriquer il faut posséder les plans de détail. À cet effet trois jeux de dessins ont été enfermés dans le coffre de la C.I.A. et tous les autres documents ont été brûlés. Ce cœur de l'ordinateur sera fabriqué chez Ralanca et les autres composants dans l'usine que je veux construire en France. L'assemblage du R.S.O. sera donc réalisé en France et livré à l'Aviation, l'Armée de Terre et la Marine. J'ajoute que les lanceurs Ariane, les satellites pourront être équipés de R.S.O. spécialement adaptés pour la mission de l'engin spatial.

— C'est un énorme programme que vous nous proposez M. Desgranges, dit le Ministre.

– Oui, effectivement ! Il faudra prévoir un Plan de Sécurité. Votre D.S.T. s'en chargera et à cet effet le Général Peter Barow prendra contact avec eux, dès que nous aurons construit l'usine à moins que vous vouliez me permettre de construire l'usine sur le plateau d'Albion, maintenant désaffecté. Les fosses et abris souterrains déjà construits m'intéressent au premier chef et de plus nous pourrions utiliser l'implantation du service de sécurité qui existe. Nos essais seraient effectués sur le terrain même du plateau.

Je précise que toutes les installations et le terrain deviendront propriété de l'organisation de défense européenne, laquelle devra financer les travaux, ainsi que la France et la Ralanca qui prendra à sa charge la construction de l'usine et en sera propriétaire, car nous voulons en assurer nous-même la sécurité.

Le Ministre prit la parole pour préciser son accord et qu'il allait contacter immédiatement le Président du Conseil, ainsi que les Ministres concernés par cet immense projet.

– Ensuite, nous tiendrons une réunion générale, sans doute à Matignon pour définir le projet lequel pourra être signé dans un mois.

La réunion était terminée et chacun semblait être satisfait. Robert s'adressa à Edmond Rossignol pour lui dire de venir avec lui afin de discuter de son engagement à la Ralanca. Le chef d'État-Major demanda s'il ne pourrait pas assister à cet entretien, question de gagner du temps, l'Armée étant concernée au premier chef. Il se présenta en remettant sa carte de visite à Robert qui fut donc informé qu'il s'appelait André Sénéchal et lui dit dès qu'ils furent installés dans la voiture :

– Je vous écoute !

André Sénéchal lui exposa ses idées.

– En vous écoutant dans le bureau du Ministre, j'ai pensé qu'avec le R.S.O., l'avion 3 D et le scorpion, je pourrais étoffer mon projet de commando territorial régional, lequel serait intégré aux services des Eaux et Forêts comme Armée Territoriale de Défense de la France dont les commandos deviendraient les éléments d'attaque de choc, mais qui seraient rattachés à l'Armée Européenne.

Robert intervint pour lui dire que son idée était très intéressante, que pour sa part, il y souscrivait entièrement et qu'il fournirait le matériel produit par la Ralanca aux commandos.

– Faites aussi remettre la copie du rapport que vous allez présenter pour obtenir l'autorisation de votre gouvernement, puis nous nous rencontrerons à nouveau pour régler tous les détails.

Le Général André Sénéchal salua Robert et Rossignol puis regagna ses bureaux qui étaient tout proches.

* *
*

Robert était particulièrement satisfait des résultats de la

Conférence avec les Autorités gouvernementales. Il allait pouvoir installer son usine européenne sur le plateau d'Albion à moindre frais, la Ralanca n'aurait à débourser que quelques millions de Dollars.

Il était à peine installé à son bureau que le téléphone sonna.

– Ici Peter Barow ! Youri Draka a mis ses agents en action, pour connaître vos agissements en France, ils sont curieux de savoir ce que vous allez entreprendre.

– Vous savez Peter ! coupa Robert, il n'y a rien d'intéressant pour eux, je ne vois pas en quoi ce que je décide avec le gouvernement français, puisse les intéresser, d'autant qu'il s'agirait d'une usine destinée à la défense européenne. J'ai demandé l'accord officiel pour l'implantation sur le plateau désaffecté où avaient été installés les missiles à ogive nucléaire. La D.S.T. s'occupera de la sécurité. Vous pourrez leur rendre une visite officielle si vous voulez coordonner la sécurité avec celle des États-Unis. Quant aux Iraniens, attendons de voir ce que va faire Youri Draka.

Peter Barow annonça à Robert qu'il rendrait une visite officielle à la D.S.T., puis il coupa.

Robert pouvait être satisfait des contacts qu'il venait d'avoir, il n'y avait aucun obstacle à l'accomplissement de son projet qui maintenant allait bien au-delà de ce qu'il avait prévu en France, puisqu'il s'agirait maintenant d'une coopération européenne. Il n'aurait pas à s'occuper de marketing car toutes les décisions seraient regroupées au Q.G. de l'État-Major de l'Armée Européenne.

Il téléphona au patron de la D.S.T. pour le mettre au courant du projet qui prévoyait l'installation de la Ralanca sur le plateau d'Albion et que Peter Barow viendrait personnellement discuter avec lui de l'organisation de la sécurité.

– C'est parfait M. Desgranges, je vous félicite de ce succès, vous avez été très vite, nous mettrons au point cette sécurité avec Peter, je le connais bien et nous nous entendrons très bien. Merci d'avoir pensé à m'informer de ce projet. Je compte bien avoir votre visite avec celle de Peter, cela me donnera l'occasion de faire votre connaissance.

– Ah ! j'oubliais, dit Robert, faites une filature discrète de Youri Draka, il se lance sur mes talons pour contrôler mes agissements.

– Nous l'avons déjà en point de mire, car il semble montrer une activité inhabituelle.

– Parfait ! à bientôt, dit Robert avant de couper.

18

Robert pouvait être satisfait, la Ralanca allait prendre un développement européen très important grâce à ces accords qui englobaient la coopération européenne. Il se dirigea vers l'aéroport de Roissy, Pierre Verneuil devant arriver dans une heure par un vol concorde.

Il n'eut que quelques minutes à attendre pour voir Pierre passer le contrôle de douane, puis se diriger vers lui avec le sourire. Une accolade sincère, preuve de l'amitié qui unissait ces deux ingénieurs qui œuvraient vers le futur technologique, celui de développer les sciences aéronautiques et la puissance industrielle de la Ralanca.

Pierre félicita Robert pour les résultats rapides qu'il avait obtenu auprès des autorités françaises.

Si je comprends bien, c'est à moi de préparer le terrain pour mettre en œuvre la nouvelle usine et démarrer la fabrication.

– Oui, répondit Robert, je voudrais que tu prennes en main la construction et la mise en route de l'usine Ralanca Europe et par la suite, tu seras le Président de l'exécutif, donc il faudra que tu reviennes avec Sabrina et ton fils Julien t'installer en France. À Akron, Thomas Young Desgranges Jr. prendra ta place, je suppose que tu l'as suffisamment formé. Il dirigera la Ralanca comme Vice-Président pour me succéder dans peu de temps. Je resterai quelques années en France, où je voudrais faire quelques voyages et me délivrer petit à petit des soucis de ces recherches qui n'en finissent jamais. J'ai besoin de repos et je veux prendre le temps de vivre auprès de Michaëla, elle n'a pas été gâtée, ni choyée. Elle a toujours passé après le travail.

Pour ce qui te concerne, en France, tu auras Sabrina et Julien près de toi, vous aurez aussi plus de facilités pour pousser les études de Julien qui sera plus proche de vous.

Pierre intervint :

– Oui, tout à fait, ma vie familiale et la tienne vont se trouver améliorées, le travail plus facile, les contacts plus souples. Une page de notre vie vient d'être tournée aujourd'hui. Nous irons fêter ça chez mon ami du Moulin Rouge, Michaëla et Carol en seront enchantées !

... Je vais téléphoner à Sabrina la bonne nouvelle dès mon arrivée au Royal Monceau.

– Bonne idée ! Je vais téléphoner aussi à Tom Jr. pour lui signifier sa nomination à l'exécutif de la Ralanca comme Président.

Les deux amis se congratulèrent en riant de bon cœur.

* *
*

Tom J.-R. venait de s'entretenir au téléphone avec son père et il se frottait les mains de satisfaction. Robert désirait rester en France quelques années et prendre du recul pour profiter avec Michaëla et Carol d'une vie familiale plus intime. Tom Jr. en était heureux, car il adorait sa mère et sa sœur et il savait que sa mère avait souffert de cette solitude qui est le lot des épouses d'industriel, toujours très occupé, ou préoccupé par le développement de leur outil de travail qui ne leur laisse aucun répit.

Il était maintenant le patron de cet important complexe

industriel qu'était devenu la Ralanca, sous la férule de son grand-père Thomas Young et de son père.

Un petit déclic se fit dans son cerveau, la fibre sentimentale venait de lui poser une question :

– Et toi Tom Jr. tu ne vas pas rester éternellement célibataire, il faudra que tu songes à fonder une famille. Tu pourrais peut-être songer à te faire une relation féminine digne d'être un jour ta femme, au lieu de courir les jupons les week-ends. Il y a aussi la rencontre inattendue faite au cours de réception mondaine.

– Oui, c'est une idée ! Je vais m'en occuper sérieusement.

* *
*

Sabrina de son côté, chantait à tue-tête dans sa villa en préparant ses valises. Quel bonheur, elle rentrait à Paris avec Julien et ils allaient vivre ensemble des heures merveilleuses. Paris était un écrin de bonheur, alors que l'énormité des distances aux U.S.A., freinait l'intimité des couples et écartelait les relations familiales et amicales.

Julien était fou de joie, il allait entrer dans un lycée français, son père avait parlé du Lycée Henri IV. Pour l'instant ce qui comptait, c'était le départ, le lendemain matin, il n'allait pas en dormir de la nuit, le petit Julien.

* *
*

Maintenant que toutes les dispositions avaient été prises par Robert concernant l'organigramme des responsables, aussi bien aux U.S.A. qu'en France, Robert prit le combiné et téléphona au Ministre, pour lui préciser que la Ralanca française serait rattachée avec l'Aérospatiale et les décisions qui seraient prises par cette société et le Gouvernement français sur le plan européen, seraient toujours acceptées par les dirigeants de la Ralanca française qui devait rester totalement indépendante de la société mère américaine.

– C'est une excellente décision que vous avez prise M. Desgranges, nous vous considérerons donc comme firme française dans nos accords avec les sociétés allemandes - britanniques et italiennes. Je vais en faire part à mon gouvernement.

Robert raccrocha. Voilà une affaire importante définitivement réglée.

* *
*

La saga Desgranges Mc Neal était en pole position de la Holding familiale.

À Dallas, Bradley Ronson avait été élu Sénateur Républicain et Gouverneur du Texas. Tous les pétroliers étaient enchantés de cette nomination et Bradley avait déjà dans ses cartons le projet d'installation d'une usine Ralanca-Ronson, filiale de la célèbre firme aéronautique de Akron. Cette usine fabriquerait uniquement des avions civils équipés du fameux R.S.O. qui serait adapté à ce petit modèle d'aéronef pour le transport de six personnes. Il serait l'avion d'affaires idéal et devrait être promis à un bel avenir. Robert mis au courant de ce projet était d'accord et il avait dit à Brad :

– Tu me présenteras ton rapport et je ferai un saut à Dallas pour conclure, ce sera sans doute la société que tu destineras à ton fils, alors fais vite pour en avoir.

– Vanessa Ronson avait terminé ses écoles de chant à Paris, Milan Scala, Berlin et Londres.

Six mois de travail dans chacun de ces conservatoires avaient fait de Vanessa une chanteuse à la voix d'or. Elle allait maintenant se lancer dans ses tournées européennes et américaines. Elle avait demandé à son cher papa d'être son impresario, lequel avait accepté avec une joie délirante.

– Moi je te suivrai, avait immédiatement rétorqué Dorothée. N'oublie pas que j'ai encore toutes mes entrées dans toutes les salles artistiques mondiales.

Tom Jr. avait maintenant la présidence de la Ralanca U.S.A. et il cherchait l'âme sœur pour créer une famille. Comme le hasard fait parfois bien les choses, Robert venait de recevoir un coup de fil de Brigitt Morisson qui se trouvait à Paris et qui souhaitait rencontrer Robert, elle voulait lui présenter sa fille Diana âgée de vingt ans. Elle aurait bien voulu la marier à Tom Jr.

Robert fut abasourdi par ce coup de fil, mais retint la proposition de mariage. Il fallait voir cette jeune fille au plus tôt, aussi rendez-vous fut pris pour dîner chez Petrus. Lui ! Robert qui n'avait pas épousé Brigitt allait peut-être voir aboutir le mariage de son fils avec la fille de Brigitt Mc Leod et mon Dieu, pourquoi pas !...

Brigitt arriva à dix-neuf heures au restaurant accompagnée de Diana et de son fils Christopher âgé de quinze ans, lequel était déjà inscrit dans un lycée de Nice. Le père, Bret Morisson, avait été nommé Consul de Grande-Bretagne à Nice, en attendant d'être nommé à l'ambassade de Paris pour prendre les fonctions de premier secrétaire.

Robert avait écouté Brigitt avec attention et intérêt. Il les regardait à tour de rôle en souriant avec satisfaction. Quelle belle famille, songeait-il !... Diana était splendide, Tom Jr. serait agréablement surpris lorsque qu'il la verrait. Christopher était un beau garçon au maintien et à la prestance très British.

Quant à Brigitt, avec l'âge, sa beauté avait acquis une maturité qui lui donnait une assurance féminine qui vous galvanisait. Son regard magnétique en faisait une femme attirante, pleine de charme, désirable, mais redoutable.

Robert prit la parole après les présentations et félicita Brigitt d'avoir mis au monde de si délicieux enfants.

– Ils auraient pu être les nôtres, coupa-t-elle !

– Oui ! en effet, répondit Robert, je dois dire Brigitt que j'ai devant moi une femme remarquable d'une grande beauté. Tu étais déjà très belle à l'époque de notre liaison, mais tu as acquis une éclatante beauté affirmée qui donne à ta personnalité, la distinction d'une grande dame de la Gentry britannique.

Robert poursuivit :

– J'ai téléphoné à Tom Jr. il sera là demain et nous pourrons alors échanger nos impressions et nous saurons très vite si un mariage est possible entre nos enfants. Puis, sortant une photo de sa poche, il la tendit à Diana : tiens ! voici ton prétendant, mon fils Tom Jr. Desgranges-Young... Est-ce qu'il te plaît ? Il est le Président en titre de la Ralanca et tu devras vivre à Akron. Cela te conviendra-t-il ? au cas où tu serais d'accord de l'épouser…

En regardant la photo, Diana avait rougi d'émotion…

– Tom Jr. me plaît beaucoup, nous devrions bien nous entendre ! ...

Brigitt avait fait un clin d'œil à Robert et elle était aux anges de la décision de sa fille.

– Tu vois Robert, ce que nous n'avons pas réussi, nos enfants vont le réaliser, c'est extraordinaire !

– Oui, répondit Robert, et bien tant mieux, ce sera un juste retour des choses et tel que je connais mon Tom, je suis certain que Diana lui plaira. Ils auront le temps à Paris de bien se connaître et s'estimer pendant quelques semaines. Elle pourrait le suivre dans ses déplacements, ce qui ne déplaira pas à Diana ! Je suppose !

– Oh oui ! coupa Diana, je ne suis pas contre.

Chacun eut un sourire de satisfaction et Robert enchaîna :

– Rendez-vous demain au Royal Monceau à 18 heures, je

vais réserver une table chez Maxim's, la rencontre se prolongera par un dîner de gala associé à quelques danses. J'inviterai tous nos amis présents à Paris.

* *
*

Le lendemain à quatorze heures le Concorde arrivait à Roissy et Robert récupérait Tom Jr. et une heure plus tard ils étaient dans la suite au Royal Monceau. Michaëla avait accueilli son enfant chéri avec émotion. Elle l'avait longuement serré dans ses bras. Robert coupa net ces effusions :

– Maintenant Tom, nous avons à te parler d'un sujet très important, puisqu'il s'agit de te préparer pour une rencontre avec une jeune fille du nom de Diana Morisson, voici sa photo, examine-la bien et donne-nous ton impression sur ce joli brin de fille…

Tom intervint :

– Mais n'est-ce pas la fille de Brigitt Mc Leod, mariée à ce diplomate anglais en poste en Australie…

– C'est cela même, confirma Robert.

Tom reprit :

– Je la trouve splendide, mais dis donc ! Est-ce que tu n'essaierais pas de me marier ?

Ils se prirent à rire tous les trois.

– Tu as deviné, mon enfant, dit Michaëla, Brigitt et Diana se trouvent à Paris. Mr Morisson vient d'être nommé Consul Britannique à Nice en attendant son poste de Premier Secrétaire à l'Ambassade de Paris.

Elle avait dit tout cela d'un trait, la chère Michaëla, elle voulait être la première à annoncer ce projet à Tom.

– Alors ! toi aussi ma chère maman tu es dans le complot. Eh bien ! puisque c'est toi qui me fais l'honneur de me demander si ce projet m'intéresse, je te réponds oui !

Robert et Michaëla tout souriant de joie se précipitèrent vers Tom pour l'embrasser affectueusement.

C'est parfait Tom, dit Robert, nous trouvons en effet que Diana Morisson fera une excellente épouse pour toi et notre famille. Tu sais d'autre part que j'avais une relation suivie avec Brigitt lorsque nous étions étudiants à Paris aussi tu dois penser que Brigitt sera enchantée de t'avoir pour gendre. Elles vont arriver dans un quart d'heure ici, nous ferons les présentations et tu pourras descendre au bar de l'hôtel pour bavarder jusqu'à dix-huit heures avec Diana et ainsi faire plus ample connaissance avant de concrétiser cette rencontre au dîner de gala que j'ai réservé en votre honneur chez Maxim's. Tous nos amis seront là.

Le téléphone sonna et le portier annonça l'arrivée de Brigitt et Diana. Quelques instants plus tard, elles sonnèrent à la porte, puis Robert les ayant réceptionnées fit les présentations.

Tom Jr. eut la plus agréable surprise de sa vie en voyant Diana dans un tailleur classique bleu ciel faisant agréablement ressortir sa chevelure dorée. Il s'inclina en lui disant qu'il était sous le charme de sa beauté, puis il alla embrasser Brigitt et la félicita d'avoir une si jolie fille. Il lui dit qu'il voulait avoir des relations suivies avec Diana, afin d'apprécier leur désir commun de s'unir.

Nous t'avons fait venir pour ça, coupa Robert, descendez donc au bar de l'hôtel pour faire plus ample connaissance. À vingt heures j'ai prévu un dîner chez Maxim's au cours duquel vous pourrez poursuivre vos entretiens. Je dois vous dire mes enfants que vous formez un joli couple…

– Oui, tout à fait, répondirent en chœur Brigitt et Michaëla.

Tom et Diana, la main dans la main s'éclipsèrent rapidement pour aller au bar.

Il y eut un silence, comme cela arrive souvent après un choc émotionnel. Brigitt rompit ce silence pour exprimer la joie qu'elle avait ressentie lorsqu'elle avait compris qu'entre sa fille et Tom un puissant courant amoureux était passé qui les conduirait, sans aucun doute jusqu'au mariage.

Tu vois Brigitt, dit Robert, le projet que tu avais formé pour marier nos enfants, se réalise. J'en suis très heureux moi-même, ainsi que Michaëla, car nous doutions que Tom Jr. pense un jour à se marier, tant il était absorbé par la direction de la Ralanca.

* *
*

Carol venait de rentrer après avoir terminé ses démarches pour son inscription à Normale Sup. Ses parents la félicitèrent, puis la mirent au courant des entretiens entre les familles Desgranges et Morisson en précisant que le mariage entre Tom Jr. et Diana se ferait certainement. "Nous dînerons chez Maxim's ! va te préparer".

Carol sautait de joie, elle partit en chantonnant, elle allait avoir une amie de plus. Elle descendit en courant prendre un taxi pour se rendre Avenue de Villiers où elle avait déposé ses bagages. Durant ses études elle logerait Avenue de Villiers, elle avait besoin de calme pour mener à bien ses études. Le studio l'avait enchantée et elle savait qu'elle y serait parfaitement heureuse.

Elle avait dit à Michaëla qu'elle les rejoindrait chez Maxim's à vingt heures.

Chacun se préparait pour cette soirée. Tom Jr. avait rejoint sa mère, et lui avait avoué qu'il était enchanté de ce premier contact avec Diana.

Elle me plaît beaucoup, tu sais maman, je crois que je pourrai réellement fonder une famille avec Diana. Elle est partie rejoindre sa mère, elles seront à vingt heures chez Maxim's. Quant à moi, je vais me préparer. J'ai besoin d'une bonne douche pour me calmer, j'ai eu beaucoup trop d'émotions en si peu de temps.

Robert qui était en conversation téléphonique avec la D.S.T. pour avoir des nouvelles de Youri Draka, avait écouté d'une oreille l'entretien de Tom Jr. avec Michaëla, en approuvant de la tête les propos de son fils – celui-ci avait été repéré et pris en filature jour et nuit.

Satisfait de ce renseignement il avait appelé Boris à qui il fit part de ses entretiens avec la D.S.T..

Tâchez de savoir par votre agent à Téhéran, quelles sont les instructions qu'il a reçues de ses chefs. Pour avoir une approche plus crédible il peut dévoiler que la Ralanca a pris des accords avec le Gouvernement français pour créer une filiale franco-américaine. Il pourra ainsi glaner plus de renseignements dans un meilleur climat de confiance.

* *
*

Tous les invités au dîner de gala en l'honneur des futurs fiancés étaient réunis chez Maxim's et il y avait beaucoup d'animation, chacun avait beaucoup de choses à se raconter et quelques couples évoluaient déjà sur la piste.

Robert avait pris soin en arrivant de composer le menu avec le Maître d'Hôtel et de choisir les vins. Le champagne était déjà sur la table et les convives se portaient des toasts d'amitié.

Bret Morisson avait fait le déplacement de Nice pour assister à ce dîner car il était aussi concerné par cet événement, il s'agissait de sa fille Diana, de son éventuel mariage. Il ne connaissait personne des familles Desgranges-Young-Ronson. Brigitt seule, était le maître d'œuvre de cette réunion. Il avait trouvé que Tom ferait un excellent mari pour Diana et il était enchanté de savoir que sa grand-mère Nancy

Desgranges descendait d'une grande famille écossaise, le clan Mc Neal, Brigitt était une Mc Leod, quant à lui il restait fermement British. C'est ce qu'il confirma à Robert lorsqu'il lui fut présenté, mais il n'y eut aucune allusion à sa relation amoureuse avec Brigitt, cela aurait été déplacé pour un Anglais, diplomate de surcroît.

Ce fut une soirée merveilleuse, laquelle enchanta les familles Desgranges et Morisson, car vers quatre heures du matin Tom Jr. réclama le silence pour déclarer qu'il désirait épouser Diana et que ce gala devait être considéré comme un dîner officiel de fiançailles.

Chacun porta un toast de félicitations et de bonheur au futur couple. La date du mariage serait précisée ultérieurement, mais il se ferait à Paris où la majorité des invités résidait présentement dans la capitale.

Tom Jr. avait déclaré :

– Je reste huit jours à Paris puis je rejoindrai Akron avec Diana et dans deux semaines nous reviendrons à Paris pour le mariage qui sera organisé par nos parents respectifs.

* *
*

Robert avait obtenu l'accord du Gouvernement français sur le projet qu'il avait présenté, y compris la construction de l'usine sur le plateau d'Albion. La nomination des ingénieurs français délégués à la holding Ralanca avait été communiquée officiellement à Robert, maintenant il fallait prendre toutes les décisions pour la construction de l'usine. Pierre Verneuil prenait la vice-présidence de la société franco-américaine et à ce titre il allait avoir toute la responsabilité de cette implantation et la mise en route des fabrications, lesquelles commenceraient à être effectives dans six mois.

Robert avait réussi son programme d'extension de la

Ralanca en créant la filiale française et la filiale de Dallas que Bradley Ronson allait superviser.

Sa pensée allait à Thomas Young pour lui dédier cette réussite en remerciement de la confiance qu'il lui avait témoignée par sa nomination à la Direction de cet empire industriel lequel, par un juste retour des choses, revenait entre les mains de son petit-fils Thomas Desgranges Young Junior.[6]

FIN

---

(6) La Saga des Desgranges Mc Neal continue par le volume N° 4 intitulé Vanessa Ronson.

VANESSA RONSON

- Vanessa Ronson est le quatrième volume de la Saga de la famille Desgranges McNeal.
- Nancy McNeal était une excellente pianiste classique, alors que sa fille Dorothée avait fait une carrière de pianiste de concert de renommée internationale.
- Elle avait aussi inculqué la maîtrise du piano à son frère Robert, ingénieur en aéronautique.
- Donc ! Pourquoi Vanessa, fille de Dorothée Desgranges et de Larry Ronson n'aurait-elle pas embrassé la carrière d'artiste lyrique ? entourée qu'elle était d'une famille de musiciens.
- Vanessa Ronson possédait une magnifique voix de Soprano Grand lyrique et était l'interprète naturelle de Verdi et bien sûr d'autres compositeurs illustres français et étrangers.
- Dans ce roman, vous pourrez suivre pas à pas, la carrière de cette cantatrice internationale.